IRRVÄGAR

THEODOR FONTANE

Irrvägar

Översättning, kommentarer och efterord
Anders Björnsson

CKM FÖRLAG

Första utgåvan 1888
Originalets titel: *Irrungen , Wirrungen*

Svensk utgåva: *Irrvägar*

Översättning och kommentarer: © Anders Björnsson 2017

Omslagsbild: Lesser Ury (1861–1931): Im Tiergarten, Berlin
© Christies Images, London/Scala, Florence
Grafisk form: Fredrik Bohman

© Anders Björnsson, CKM Förlag AB 2017

CKM Förlag, Box 49109, 100 28 Stockholm
Tel 08-651 39 70, info@ckm.se, www.ckm.se

Tryck: Instant Book, Stockholm 2017
ISBN 978-91-7040-131-2

FÖRSTA KAPITLET

I KORSNINGEN MELLAN Kurfürstendamm och Kurfürstenstrasse, snett emot Zoo, låg ännu i mitten av sjuttiotalet en stor handelsträdgård som sträckte sig bort mot fälten, och i en förgård, ungefär etthundra meter från närmaste gata, stod ett anspråkslöst bostadshus med endast tre fönster som trots sin obetydlighet och avskildhet ändå syntes tydligt för den som hade vägarna förbi. Men de byggnader i övrigt som hörde till denna handelsträdgård, och som utgjorde själva dess hjärta, doldes genom det lilla bostadshuset som verkade närmast som en kuliss. Endast ett röd- och grönmålat trätorn med en till hälften bortplockad urtavla under tornspiran (någon klocka såg man inte ens resterna av) antydde, att det bakom denna kuliss måste finnas någonting annat, en förmodan som tid efter annan bekräftades av en skock duvor som brukade flyga upp från och kretsa kring det lilla tornet och i än högre grad av en hund som kunde vara på ett riktigt skälligt humör. Var hunden egentligen uppehöll sig, undgick betraktarens öga, trots att fastighetens inkörsport längst ut till vänster brukade stå öppen från morgon till kväll och ge en skymt av innergården. På det hela taget var det ingen som avsiktligt försökte dölja något, och ändå måste den som, när vår berättelse tar sin början, gick längs denna väg nöja sig med anblicken av det oansenliga huset med de tre fönstren och några fruktträd i trädgården framför detta.

Det var veckan efter pingst, när de soldränkta dagarna aldrig tycktes vilja ta slut. Men denna dag hade solen redan gått ned bakom kyrktornet i Wilmersdorf, och istället för att bada i solsken, som den brukade göra under hela långa dagen, låg trädgården framför huset redan i skugga, och det hade lägrat sig ett smått fantastiskt lugn över den, endast överträffat av det lugn som rådde i det lilla huset där gamla fru Nimptsch hade hyrt in sig tillsammans med sin fosterdotter Lene. I förmaket, vilket sträckte sig längs husets hela framsida, satt fru Nimptsch som vanligt bredvid en knappt fothög spis, och böjd och framåtlutad hade hon blicken fästad vid en gammal sotig tekittel, vars lock hela tiden skallrade, trots att ångan strömmade ut ur pipen. Den gamla höll fram sina bägge händer mot glöden och var så djupt försjunken i sina tankar och drömmerier, att hon inte hörde när dörren mot korridoren slogs upp och ett robust fruntimmer trädde in i rummet under tämligen stort buller. Först när den senare hade harklat sig och i hjärtliga ordalag tilltalat sin väninna och granne, det vill säga vår fru Nimptsch, med namn, vände sig denna om och bemötte henne lika hjärtligt, och med ett spjuveraktigt småleende sade hon: "Så bra, min kära fru Dörr, att ni tittar in hos oss igen från ert 'slott', för nog är det ju ett slott i alla fall, med torn och allt. Och sitt ner, förallldel… Jag såg just er käre make ge sig iväg. Det är väl käglorna som lockar ikväll, förstår jag."

Kvinnan som kom på besök var inte bara robust, hon var ståtlig om också behäftad med begränsad fattningsförmåga och gav ett både godhjärtat och pålitligt intryck. Det var nu ingenting som fru Nimptsch tog den minsta anstöt av, och hon upprepade för sig själv: "Ja, det är väl käglorna som lockar. Men jag ville säga er, kära fru Dörr och det är att Dörren, han kan faktiskt inte gå omkring i den där gräsliga hatten mer. Den är ju blanksliten som en rävrumpa, ja, en ren och skär skam är den hatten. Ni måste kasta bort den och ge honom en ny en. Han märker det nog inte… Men ta nu och slå er ner här, kära fru Dörr, eller ta pallen där borta istället… Ser ni, Lene, hon har gått ut och lämnat mig i sticket igen."

"Så han kom hit?"

"Jodå. Och de har gett sig iväg mot Wilmersdorf. Till fots, då möter de ingen. Men de bör vara här närsomhelst."

"Bäst att jag går då."

"Inte alls, kära fru Dörr. Han stannar inte. Och även om han stannar, så är han ju inte *sån*, ni vet."

"Jag vet nog. Och hur är det nu med dem?"

"Ja, hur – det är frågan. Jag tror hon har fått för sig saker, även om hon aldrig skulle erkänna det, och går och inbillar sig."

"Å vilket elände", sade fru Dörr, medan hon drog fram en annan pall, lite högre än den hon hade blivit erbjuden. "Vilket elände, för sorgligt – *verkligen*. När de får för sig saker, det är då det tråkiga börjar. Sant som amen i kyrkan. Ni förstår, min kära fru Dörr, det var ju samma sak för mig, men jag gick aldrig och inbillade mig nåt. Och då är det ju faktiskt en helt annan sak."

Fru Nimptsch hängde inte riktigt med i galoppen, så grannfrun fortsatte: "Och det var just för att jag inte inbillade mig nåt som det gick så lugnt och smidigt, och nu har jag ju min Dörren. Inte så mycket att ha kanske, men det är i alla fall inte oanständigt, och man kan visa sig överallt. Och så gick vi ju inte bara och registrerade oss, utan vi gifte oss också. Det blir alltid så mycket prat om man bara registrerar sig." Fru Nimptsch nickade.

Men fru Dörr behövde säga det en gång till: "Ja, vi gifte oss, i Matteuskyrkan, för Büchseln. Men vad jag egentligen ville komma fram till, min kära fru Nimptsch, det är att jag nog var längre och mera tilldragande än Lene, och även om jag inte var snyggare (det vet man aldrig så noga, smaken varierar), så var jag i alla fall yppigare, och det finns de som gillar sånt, inget tvivel om det. Och även om jag liksom var mera välväxt då och hade mer att komma med och liksom hade nåt speciellt, för det hade jag, så brukade jag aldrig nånsin krångla och var nästan lite dum av mig, och min greve då, med sina femti år på nacken, ja han var ju också en rätt enkel människa, alltid glad och livad var han men också rätt opassande. Och jag sa till honom, mer än hundra gånger sa jag: 'Nej, nej, greven, *det* går inte, det undanber jag mig *verkligen...*' Så där är de, alla gamla gubbar. Och jag säger bara det, kära fru Nimptsch, ni kan inte föreställa er. Rysligt var vad det var. Och när jag nu ser på Lenes baron så skäms jag fortfarande – när jag tänker på hur min var. Och Lene, inte är väl hon heller nån ängel precis, men visst är hon duktig och rekorderlig, och hon kan klara vad som helst, och rejäl och ordningsam är hon. Och det är det som är det trista, förstår ni, kära fru Nimptsch. De där som ränner omkring, från morgon till kväll, de är som katter, de landar alltid på sina fyra ben, men en så bra flicka som tar allt på allvar och gör allt av kärlek, *det* är inte som det ska... Eller kanske är det det; ni tog henne bara till er ju, hon är inte ert eget kött och blod, kanske är hon prinsessa eller så."

Fru Nimptsch skakade av sig denna insinuation och verkade vara på väg att svara. Men Dörrskan hade redan rest sig upp, och medan hon såg ned på trädgårdsgången, sade hon: "Jösses, där kommer de. Och civilklädd är han, bara kavaj och byxor. Men visst ser man! Och nu viskar han nåt i örat på henne, och hon skrattar för sig själv. Vad hon rodnar sen... Och nu går han. Och nu... jag tror faktiskt han vänder sig om igen. Men nej, han vinkar bara adjö, och hon ger honom en slängkyss... Så är det. Det gillar jag... Min var inte sån han."

Fru Dörr fortsatte att prata, tills Lene kom in och hälsade på de bägge kvinnorna.

ANDRA KAPITLET

MORGONEN DÄRPÅ STOD solen redan rätt högt på himlen, och den kastade sina strålar på det inre av den Dörrska handelsträdgården, med dess egen lilla värld av huskroppar, däribland "slottet" som fru Nimptsch kvällen före hade gjort sig en smula lustig över. "Slottet", ja! Med sina överdrivna konturer hade det säkert kunnat tas för någonting sådant när skymningen föll på, men i obarmhärtigt dagsljus framgick det med all önskvärd tydlighet att byggnaden, målad uppifrån och ned med gotiska fönster, inte var mycket mer än en bedrövlig trälåda, vars gavlar man hade stagat med ett stycke korsvirke av halm och lera som stöttade två vindsrum. Allt annat var bara ett stengolv, och därifrån ledde ett virrvarr av stegar, först till en vind och därifrån ännu högre upp till det lilla tornet som fungerade som duvslag. Tidigare, innan Dörrs kom hit, hade hela den väldiga trälådan använts som vagnslider, där man förvarade humlestörar och vattenkannor, och möjligen också som potatiskällare, men när handelsträdgården övertogs av sin nuvarande innehavare, för si och så många år sedan, hyrdes det egentliga boningshuset ut till fru Nimptsch och lådan med de påmålade gotiska fönstren blev, sedan man hade inrett de bägge vindsrummen åt gavlarna, tillhåll för Dörr som just hade blivit änkling, ett högst primitivt arrangemang som det nya äktenskap han strax därpå ingick inte ändrade någonting på. Sommartid var detta nästan fönsterlösa vagnslider med sin stenbeläggning och sin svalka ingen oäven bostad, men på vintrarna hade Dörr med fru och en något sinnessvag, tjugoårig son från första giftet utan tvivel frusit ihjäl, om det inte funnits två stora växthus på andra sidan innergården. Det var där och ingen annanstans som de tre familjemedlemmarna tillbringade perioden från november till mars. Men också under mildare årstider, till och med mitt i sommaren, om man inte måste ta skydd för solen, utspelade sig familjens liv till stora delar i dessa växthus, eftersom allting var så mycket bekvämare där: det fanns bord och hyllor som blommor från drivhusen placerades på varje morgon för att de skulle få frisk luft; det fanns stall för ko och get och en koja för bandhunden och ett par drivbänkar på ömse sidor om en smal stig som ledde till de stora grönsakslanden i de bortre delarna av trädgården. Där såg det inte speciellt ordentligt ut, delvis därför att Dörr inte hade något sinne för ordning, men däremot en så stor passion för höns att han lät dessa små älsklingar picka omkring överallt utan hänsyn till de skador som de ställde till med. Stora var dessa skador visserligen inte, eftersom trädgårdsmästeriet, bortsett från sparrisodlingarna, saknade alla finesser. Dörr ansåg att de vanligaste sorterna också var de mest lukrativa, odlade därför mejram och andra kryddväxter, men särskilt purjolök, och därur hämtade han sin levnadsvisdom, att en äkta berlinare inte behövde mer än tre ting: veteöl, kumminbrännvin och purjolök. "Med purjolök har ännu ingen misslyckats", var hans devis. Han var överhuvudtaget ett original med sina fixa idéer och visade sig totalt likgiltig för vad andra människor sade om honom. Hans andra gifte svarade helt mot denna hållning: det var ett äktenskap ingånget av känslor, dikterat åtminstone till dels av hans föreställning om hustruns speciella skönhet och av hennes tidigare förhållande till greven som ingalunda förringade henne i hans ögon utan tvärtom talade mycket till hennes fördel och bara visade hur oemotståndlig hon var. Om detta på goda grunder skulle kunna betecknas som en överdrift, så var det knappast fallet när man såg henne vid sidan av Dörr, som naturen i fråga om det yttre hade varit särdeles ogenerös mot. Mager, av medellängd och med fem tunna hårstrån över panna och hjässa hade han inte blivit uppmärksammad det minsta, om det inte varit för ett brunt koppärr mellan vänster öga och tinningen som gav honom ett något apart utseende. Vadan hans hustru inte heller hade helt fel, när hon på sitt rättframma sätt brukade säga: "Skrumpen är han, men på vänster sida ser han i alla fall ut som ett riktigt Borsdorfäpple."

Beskrivningen var på pricken, och med det signalementet hade han blivit igenkänd överallt, om han inte envisats med att varje dag bära linnemössa med en stor skärm nedtryckt i ansiktet, så att varken det alldagliga eller det mycket säregna med hans anletsdrag framträdde.

Och även nu, dagen efter det där samtalet mellan fru Dörr och fru Nimptsch, stod han med skärmmössan neddragen i ansiktet framför ett blombord lutat mot det främre växthuset och sorterade blomkrukor med olika lackviol- och geraniumväxter, som följande dag skulle fraktas till veckans torgmarknad. Alla dessa växter hade planterats i sina krukor och inte dragits upp där. Han satte fram dem med den käraste tillfredsställelse och skrattade långt i förväg åt alla fina "madamer" som skulle infinna sig under morgondagen, slå av sedvanliga fem pfennig på priset och ändå bli uppskörtade. Det var ett av hans allra största nöjen och det han egentligen ägnade sin huvudsakliga tankemöda åt. "Allt det där gnatet… Om jag bara fick en chans att lyssna."

Så gick han och småpratade för sig själv, när han plötsligt avbröts av ljud från trädgården, en liten byracka som skällde och en tupp som gol förtvivlat, ja det var *hans* tupp om han inte tog fel, hans favorittupp med fjädrar av silver. Och när han tittade bort mot trädgården, blev han varse att en skock hönor hade skingrats, medan tuppen flugit upp i ett päronträd, där han utan avbrott larmade om hjälp mot den gläfsande hunden nedanför.

"Fan i helvete", skrek Dörr ursinnigt, "det är Bollmanns igen… Han har tagit sig igenom stängslet en gång till… Jag ska se till…" Och samtidigt som han snabbt ställde ifrån sig krukan med geranium, som han just hade mönstrat, satte han fart mot hundkojan, fick fatt i haspen och släppte loss den stora bandhunden som nu for ut över trädgården som ett vilddjur. Men innan denne nådde fram till päronträdet, hade "Bollmanns" tagit till flykten och försvunnit under stängslet ut i friheten – förföljd av den rävfärgade bandhunden. Hålet under stängslet som hade varit lagom stort för en affenpinscher hindrade honom dock från att ta sig igenom, och han fick lov att inställa förföljandet.

Lika lite lyckosam var Dörr själv, som under tiden hade dykt upp med en räfsa i handen och utbytte blickar med sin hund. "Ja, Sultan, den här gången gick det inte." Generad, som om han utsatts för en förebråelse, lunkade Sultan långsamt tillbaka till sin koja. Dörr för sin del blev stående en stund och såg, hur affenpinschern rusade fram och tillbaka i en plogfåra på andra sidan staketet, och efter en stund sade han: "Jag ska förbanne mig skaffa mig ett luftgevär från Mehles eller varsomhelst. Och så gör jag mig av med det där odjuret, så att ingen märker det, och inga hönor eller tuppar kommer att säga ett pip, i alla fall inte mina."

Men tuppen var just nu inte alls vidare hågad att följa sin husbondes önskan om lugn och ro utan fortsatte tvärtom att göra flitigt bruk av sina röstresurser. Han kastade högfärdigt med sin silverfärgade hals, som om han ville säga till hönorna, att hans tillflykt till päronträdet hade varit antingen noga planerad eller en ren sinkadus.

Men Dörr antingen sade: "Vilken tupp ändå. Tror att han är nåt, men en stackare är vad han är."

Och därmed återvände han till bordet med blommorna.

TREDJE KAPITLET

ALLT DET SOM hänt hade fru Dörr sett, medan hon höll på att sticka sparris, men hon brydde sig inte särskilt mycket om det, eftersom hon brukade få vara med om samma sak var och varannan dag. Så hon fortsatte sitt arbete och gav upp först när hon inte längre kunde få syn på några flera "vita knoppar" i sängarna, hur hon än ansträngde sig. Då hängde hon korgen över armen, lade kniven i korgen och gick långsamt, med några vilsekomna kycklingar framför sig, i riktning mot mittgången i trädgården och därefter in på gårdsplanen och raden mellan rabatterna, där Dörr hade återupptagit sitt arbete inför marknaden.

"Nå, Susel lilla", hälsade han sin bättre hälft, "där är du ju. Du såg väl? Bollmanns odjur var här igen. Du förstår, han måste få sig en skrapa, och sedan ska jag nog se till att flå honom, och Sultan ska få sig en smakbit... Och hundfett, du Susel... " – han tänkte synbarligen utbreda sig över en metod för att behandla gikt som han under en längre tid hade gått och funderat ut. Men i samma stund som han fick ögonen på korgen med sparris, avbröt han sig själv: "Få se. Har de rätta färgen?"

"Här!" sade Fru Dörr och visade fram korgen, som var knappt till hälften fylld. När maken for med handen genom innehållet, skakade han på huvudet. Där låg nästan bara tunna stänger tillsammans med en hel del som hade gått av.

"Hör på, Susel, det är bara att konstatera, du har inga sparrisögon."

"Det har jag visst det. Men häxkonster kan jag inte."

"Vi ska inte gräla, Susel. Det blir inte bättre för det. Rena svältkosten får man stå ut med."

"Äsch, det tror jag inte. Sluta med det där tjatet, Dörr. De finns ju där nere i jorden, och om de kommer upp idag eller i morgon, vad spelar det för roll? Det behövs bara en riktig skur före pingst, så ska du få se. Och regn blir det. Vattentunnan luktar igen, och den stora korsspindeln har krupit in i hörnet. Men du vill ju ha allting jämt och ständigt, och det kan du inte begära."

Dörr skrattade. "Men se till att binda ihop dem. De där taniga också. Och en del kan du bara knipsa av."

"Du ska inte tala så där till mig", avbröts han av hustrun, som alltid retade sig på hans närighet. Som vanligt nöp hon honom i örsnibben, vilket han brukade uppfatta som en gest av ömhet, och så gick hon bort till "slottet", där hon tänkte slå sig ned på marken, täckt av stenflis, och börja binda sparrisen. Men knappt hade hon flyttat pallen som stod och väntade på henne fram till tröskeln, så hörde hon hur ett fönster på baksidan av det lilla huset snett emot, där fru Nimptsch bodde, slogs upp med ett häftigt ryck och strax därpå reglades. Samtidigt fick hon syn på Lene som hälsade vänligt på henne, iklädd en vit, lilamönstrad jacka ovanpå en vadmalsklänning med en liten hätta över sitt askblonda hår.

Fru Dörr hälsade tillbaka på samma vänliga sätt och sade sedan: "Ha alltid fönstret på vid gavel, Lene lilla, du gör helt rätt. Det håller redan på att bli varmt. Och det blir bara värre."

"Ja, och mor har fått huvudvärk av värmen, så då stryker jag hellre i rummet åt gården. Det är trevligare här också. På framsidan ser man inte en människa."

"Du har så rätt", svarade fru Dörr. "Då flyttar jag mig lite närmare fönstret. När man har nån att tala med, går det lättare att sköta sina sysslor."

"Verkligen hyggligt av er, fru Dörr. Men här vid fönstret har solen börjat steka."

"Ingen fara, Lene. Då slår jag bara upp mitt parasoll. Gammal och full med fläckar. Men den fungerar ännu som den ska."

Och på mindre än fem minuter hade den goda fru Dörr släpat sin pall till fönstret och satt nu under sitt skrymmande parasoll så bekvämt och sturskt som om hon hade befunnit sig på Gendarmenmarkt. Där inne hade Lene lagt strykbrädet på två stolar placerade tätt intill fönstret, och nu stod de båda kvinnorna så nära varandra, att de lätt hade kunnat räcka varandra händerna. Strykjärnet fördes idogt fram och tillbaka. Fru Dörr var ivrigt sysselsatt med att sortera och binda samman sparrisen, och när hon då och då såg upp från arbetet och in genom fönstret, lade hon längst inne i rummet märke till den lilla ugnen som hettade upp strykloden.

"Kan du tänka dig att ge mig en tallrik, Lene? En tallrik eller ett fat."

Lene kom genast med vad fru Dörr hade bett om, och där lade nu den senare de avbrutna sparrisbitarna, som hon hade stoppat i förklädet medan hon sorterade. "Där, Lene, nu får du till soppa. Och de är lika bra som de övriga. Att de alltid måste ha knoppar, det är ju bara trams. Samma sak med blomkål, den ska alltid ha blommor, men det är ren inbillning. Stocken är det bästa, det är där styrkan sitter, och styrkan är alltid huvudsaken."

"Gud, ni är alltid så snäll, fru Dörr. Men vad ska er gubbe säga?"

"Han? Vad bryr jag mig om det, flicka lilla. Han babblar han. Alltid vill han att jag ska binda de där taniga som om de vore riktiga stänger. Men sånt bedrägeri går jag inte med på, även om de som har gått av smakar lika bra som de som är hela. Den som betalar måste få det han betalar för, och jag blir arg när en sån där som det går bra för är en förbenad snåljåp. Men alla trädgårdsmästare är såna, bara roffa åt sig hela tiden och aldrig bli nöjda."

"Ja", skrattade Lene, "snål är han och lite speciell. Men en god make, antar jag."

"Ja, Lenken lilla, det skulle nog vara bra med det, och snålheten skulle inte heller vara mycket att tala om, och det är ändå bättre att vara snål än slösaktig, om han bara inte visade en sån ömhet. Du tror det inte, men han rantar omkring mig hela tiden. Se på honom bara. Han är egentligen rena ynkedomen, femtiosex år gammal eller kanske ett par år till. För han ljuger jämt och ständigt, när det passar honom. Och då finns det inte ett dugg man kan göra, inte ett dugg. Jag berättar hela tiden för honom, gång på gång, om folk som får slag och pekar på nån som haltar omkring med sned mun, men han bara slår det ifrån sig med ett skratt. Men du förstår, det är sånt som händer. Ja, Lenken, jag är säker på att det kommer att hända. Kanske förr än senare. Jag säger inget mer, han har skrivit över allt på mig. Som man bäddar får man ligga. Men här står vi och talar om slaganfall och om Dörr med sin hjulbenthet. Jösses, flicka, nog finns det karlar som är slanka som vidjor, eller hur, Lene?"

Lene rodnade om sina röda kinder och sade: "Lodet har redan kallnat." Och hon gick bort från strykbrädet till gjutjärnsugnen, lade lodet på kolen och tog sig ett nytt. Allt var ett ögonblicks verk. Så lät hon det nya, glödande lodet med en händig knyck på eldgaffeln glida ned i strykjärnet, satte för den lilla luckan och blev först då medveten om att fru Dörr fortfarande väntade på ett svar. För säkerhets skull ställde den goda kvinnan frågan på nytt och tillfogade: "Kommer han hit idag?"

"Ja, åtminstone lovade han det."

"Men säg mig, Lene", fortfor fru Dörr, "hur kom det sig egentligen? Mor Nimptsch säger aldrig nåt, och när hon säger nåt, så är det varken det ena eller det andra. Hon kommer bara med halvsanningar, och allt blir så virrigt. Men säg mig, stämmer det att det var i Stralau?"

"Ja, fru Dörr, i Stralau var det, annandag påsk, men det var så varmt i luften som om det redan var pingst, och eftersom Lina Gansauge ville åka flodbåt så gjorde vi det, och Rudolf, som ni väl känner bra och som är Linas bror, han satte sig vid rodret."

"Gud ja, Rudolf. Men han är ju bara en pojke."

"Jovisst. Men han ansåg att han kunde sköta det och sade hela tiden: 'Brudar, sitt still i båt, den gungar ju' – han talar sån fruktansvärd berlinska. Men vi brydde oss inte om vad han sa, för vi såg med våra egna ögon hur dålig han var vid årorna. Och efter ett tag slutade vi oroa oss och lät oss föras med av strömmen och retades med dem vi mötte och som sprutade vatten på oss. Och i en av båtarna, som färdades i samma riktning som vi, satt ett par mycket fina herrar, som vinkade till oss hela tiden, och i vårt övermod vinkade vi tillbaka, och Lina viftade med sin näsduk till och med, som om hon kände de där herrarna, och det gjorde hon inte alls, hon ville bara visa upp sig, eftersom hon är så ung. Och medan vi fortsatte att skratta och skämta och lekte med årorna, så såg vi plötsligt en ångare komma från Treptow rätt emot oss, och ni kan tänka er, kära fru Dörr, att vi blev vettskrämda, och skräckslagna ropade vi till Rudolf att han skulle styra oss åt sidan. Men grabben blev alldeles vild, och vi for bara runt, runt. Och nu skrek vi, och vi skulle alldeles säkert ha blivit krossade, om inte de där två herrarna i den andra båten hade förbarmat sig över oss. Med ett par tag med årorna kom de helt intill till vår båt, och medan den ene av dem snabbt och kraftfullt drog oss till sig med båtshaken och kopplade oss till den egna båten, så rodde den andre oss alla bort från strömvirvlarna, fast för en kort sekund kändes det som om vi skulle fångas in av en stor svallvåg från ångaren. Kaptenen hytte också med näven (det kunde jag se mitt i all förskräckelsen), men snart var det över, och en minut senare hade vi lagt till vid Stralau, och de båda herrarna, våra räddare, hoppade i land och räckte oss händerna och uppträdde som riktiga kavaljerer mot oss när vi skulle lämna båten. Och där stod vi på landgångsbryggan vid Tübbeckes och kände oss verkligen fåniga, och Lina grät så ynkligt, och det var bara Rudolf, som är en sån där stöddig drasut, stor i käften och alltid mot militären, det var bara han som höll på och trilskades, som om han ville säga: 'Vad korkade ni är, jag kunde ha rott er ut ur det där jag också.'"

"Ja, sån är han, stor i käften. Jag känner honom. Men de båda herrarna. De är väl ändå huvudsaken…"

"Tja, de såg först och främst till att vi hade det bra, och så slog de sig ned vid bordet bredvid vårt och kastade sina blickar på oss. Och framemot sju, när det redan hade börjat skymma, ville vi dra oss hemåt, och då kom en av dem fram och frågade, om han och hans kamrat fick göra oss sällskap. Och då blev jag övermodig och sa, att de hade ju räddat oss, och sin räddare får man inte förvägra ett dugg. Men de borde tänka över saken, för vi bodde ju egentligen på andra sidan jordklotet. Så det skulle ta sin tid att komma dit. Då svarade han artigt: 'Desto bättre.' Men nu hade också den andre kommit över till oss... Ack, kära fru Dörr, det passar sig väl egentligen inte att tala så där rakt på sak, men den ene hade jag börjat tycka om, och göra sig till och sjåpa sig, det har jag aldrig kunnat med. Och så tog vi en lång promenad, först längs Spree och sen utmed kanalen."

"Och Rudolf?"

"Han gick bakefter, som om han inte hörde till oss, men såg allt och var på sin vakt. Vilket var på sin plats, för Lina är ju inte mer än arton och fortfarande en fin och oskyldig flicka."

"Är du säker?"

"Absolut, fru Dörr. Det räcker med att titta på henne. Sånt ser man på en gång."

"För det mesta, men inte alltid. Och sen följde de er hem?"

"Ja, fru Dörr."

"Och sen?"

"Ja, sen. Ni vet ju vad som hände. Han kom nästa dag och frågade efter mig. Och sen dess kommer han ofta, och jag blir alltid glad när han gör det. För Guds skull, visst blir man glad när det händer nånting. Det är ofta så ensamt härute. Ni förstår, fru Dörr, mor har inga invändningar och säger alltid: 'Kära barn, det skadar inte. Innan man vet ordet av, har man blivit gammal.'"

"Ja, ja", sade fru Dörr, "jag har hört Nimptschkan säga såna saker också. Och hon har helt rätt. Det vill säga det beror på. Leva efter katekesen är alltid bättre, för att inte säga det allra bästa. Det har du mitt ord på. Men nog vet jag att det inte alltid går, och det finns de som inte bryr sig om det heller. Och den som inte bryr sig om det, han gör det inte heller, men det måste gå ändå, och i de flesta fall så gör det det, förutsatt att man är ärlig och anständig och står vid sitt ord. Och naturligtvis, vad som än händer måste man acceptera, man får inte klaga. Är man klarsynt och lägger det på hjärtat, då är det inte så farligt. Det förfärliga är om man går och inbillar sig saker och ting."

"Ack, kära fru Dörr", skrattade Lene, "vad tänker ni på? Inbilla sig. Jag inbillar mig ingenting. Om jag älskar nån, så älskar jag honom. Det räcker för mig. Och jag vill inte ha nånting annat av honom, absolut ingenting, och det som gör mig lycklig, det är när hjärtat klappar och jag räknar timmarna, tills han ska komma, och inte kan vänta innan han är här – det är nog för mig."

"Ja", smålog fru Dörr för sig själv, "det är rätt, så ska det vara. Men stämmer det att han kallas Botho? Så kan man väl egentligen inte heta. Jag menar, det är inget kristet namn."

"Jodå, fru Dörr." Lene gjorde sig beredd att bekräfta förekomsten av sådana namn ytterligare, när Sultan började skälla, och i samma ögonblick hörde man tydligt från tamburen att någon hade kommit. Det visade sig vara brevbäraren som hade två avier åt fru Dörr och ett brev åt Lene.

"För Guds skull, Hahnke", röt Dörrskan till mannen som stod framför henne, alldeles genomsvett, "det dryper ju om er. Är det verkligen en sån hetta i luften? Och klockan är inte mer än halv tio. Brevbärare kan i alla fall inte vara nåt nöje."

Och den goda kvinnan ville gå och hämta ett glas kall mjölk åt honom. Men Hahnke avböjde. "Har inte tid, fru Dörr. En annan gång." Därmed gick han.

Lene hade hunnit öppna brevet.

"Nå vad skriver han?"

"Idag kommer han inte, men i morgon. Det är långt dit! Tur att jag har att stå i. Ju mer arbete dess bättre. Och i eftermiddag kommer jag till trädgården och hjälper till med grävandet. Men Dörr får inte vara där då."

"Bevare oss väl."

Så gick man var åt sitt håll, och Lene tog med sig sparrisportionen som fru Dörr hade gett henne till sin moder.

FJÄRDE KAPITLET

NU VAR DET kvällen därpå, då Botho hade lovat komma. Lene gick fram och tillbaka på gården mot gatan, medan fru Nimptsch som vanligt satt i förstugan vid den öppna spisen, runt vilken familjen Dörr i sin helhet hade församlats som brukligt var. Fru Dörr höll på att göra en blå yllekofta till mannen med grova stickor av trä, men den hade ännu inte tagit form och låg som ett stort fårskinn i hennes knä. Dörr satt bredvid henne och rökte en lerpipa med benen bekvämt korslagda, medan sonen med sin röda hårbuske lutade sig tillbaka i en länstol närmast fönstret. Han gick upp med tuppen var morgon och brukade ta sig en tupplur framemot kvällen. Inte mycket blev sagt. Inget annat hördes än klappret från trästickorna och knaprandet från ekorren som då och då stack ut från sin lilla skyllerkur och såg sig nyfiket omkring. Det enda ljuset kom från eldstaden och från aftonrodnaden.

Fru Dörr satt med utsikt över trädgårdsgången, och trots att det skymde kunde hon urskilja den som närmade sig därute längs häcken.

"Å, här kommer han", sade hon. "Släck pipan nu, Dörr. Du har ju varit som en skorsten hela dagen, blossat från morgon till kväll. Och stanken från den där eländiga tobaken är det inte vem som helst som står ut med."

Sådant prat bekom inte Dörr, och innan hans fru hann vidareutveckla ämnet eller upprepa sina sanningens ord, hade baronen infunnit sig. Man kunde se att han var något påstruken, efter att ha varit med om en maitrank som led i en vadslagning på klubben, och när han hälsade på fru Nimptsch, sade han: "God dag, mor lilla. Hoppas att allt står bra till. Men där ju fru Dörr och herr Dörr, min gamle vän och gynnare. Vilket väder vi har, Dörr! Som gjort för er och för mig också. Mina ängar där hemma som har stått under vatten fyra år av fem och inte ger någonting annat än smörblommor, de kan behöva sånt här väder. Och det kan Lene också, så att hon får vistas mer utomhus. Hon håller på att bli för blek i mitt tycke."

Lene hade under tiden satt fram en trästol närmast moderns, eftersom hon visste att Botho tyckte bäst om att sitta där. Men fru Dörr, som levde i den fasta förvissningen om att en friherre måste inta hedersplatsen, hade rest sig upp, och medan hon lade den blåa stickningen åt sidan, vände hon sig till sin styvson: "Res på dig. Jag säger då det. Det man inte har i huvudet, det får man ha i benen." Pojkstackarn såg yrvaken ut och flög upp med ett fånigt uttryck i ansiktet för att ge plats åt baronen, men denne ville inte veta av det. "Herre Gud, min kära fru Dörr, låt pojken vara. Jag sitter hellre på en pall som vännen Dörr."

Och så tog han trästolen som Lene stod med bredvid gumman, satte sig på den och sade: "Här hos fru Nimptsch är bästa platsen. Det finns ingen spis i världen som jag hellre ser in i. Jämt och ständigt brinner den och värme ger den. Ja, mor lilla, så är det, här är bästa platsen."

"Käre Gud", sade gumman. "Bästa platsen här, hos en gammal tvätt- och strykmadam."

"Men givetvis. Och varför inte? Alla stånd är ärofulla på sitt sätt. En tvättmadam också. Vet ni, mor lilla, att det bodde en berömd poet här i Berlin som skrev en dikt om sin gamla tvättmadam?"

"Det kan jag inte tänka mig."

"Jo, men visst. Det är ett faktum. Och vet ni vad han sa i slutet av den dikten? Att han skulle vilja leva och dö som en tvättmadam. Precis så sa han."

"Det kan jag inte tänka mig", muttrade gumman igen med darr på rösten.

"En sak ska ni komma ihåg, mor lilla, och det är att han hade alldeles rätt och att jag är av precis samma åsikt. Ni skrattar åt er själv. Men se er omkring, hur ni har det. Ni mår som en prins. Först har ni huset och sen har ni spisen och sen har ni trädgården och sen har ni fru Dörr. Och sen har ni Lene. Eller hur? Men var håller hon hus?"

Han hade tänkt fortsätta, men i detsamma kom Lene tillbaka med en kaffebricka. Där hade hon placerat en vattenkaraff och en flaska med äppelcider, som baronen tillskrev alla möjliga hälsobringande egenskaper, vilket förklarade hans märkliga förkärlek för denna dryck.

"Ack, Lene, så du skämmer bort mig. Men du får inte göra det så högtidligt, det är ju som om jag skulle vara på klubben. Ge mig det bara i handen, det är då det smakar som bäst. Och ge mig sen din lilla tass, så att jag får smeka den. Nej, den vänstra, den är närmast hjärtat. Och sätt dig sen där, mellan herr och fru Dörr, då har jag dig mitt emot mig och kan se på dig hela tiden. Hela dagen har jag längtat efter den här stunden."

Lene skrattade.

"Du tror mig inte? Men jag kan bevisa det, för jag har tagit med mig nånting åt dig från den där fina festen igår. Och när man har tagit nånting med, så längtar man också efter att få se den som man har tagit det med sig till. Eller hur, käre Dörr?"

Dörr smålog. Men fru Dörr sade: "Herre Gud, skulle han ge bort nånting! Dörr, han tänker bara på att roffa åt sig och lägga på hög. Så är de alla, trädgårdsmästarna. Men jag är nyfiken på vad herr baron har tagit med sig."

"Det ska ni inte behöva vänta länge på i så fall, annars tänker min kära fru Dörr att det är ett par byxor i guld eller något annat från sagans värld. Men det är ingenting annat än det här."

Och så gav han Lene en påse, och ur påsen tittade det upp någonting som hade stora likheter med smällkarameller i krusat papper.

Smällkarameller var det också, och påsen gick laget runt.

"Men nu måste vi dra en, Lene. Håll i och blunda."

Fru Dörr blev alldeles till sig av smällen och än mer när Lenes pek-finger började blöda. "Det gör inte ont, Lene, det vet jag. Det är som när en brud sticker sig i fingret. Jag kände en som var så gripen av den tanken, att hon stack sig hela tiden och sög och sög som om hon väntade på ett under."

Lene rodnade. Men fru Dörr såg ingenting och fortsatte: "Läs nu versen, herr baron."

Och denne läste:

> "Att förlora sig själv i kärleken,
> Det gläder Gud och ängelen."

"Jesus", sade fru Dörr och knäppte händerna. "Det är ju som psalmbo-ken. Är de alltid så där fromma?"

"Nej då", sade Botho, "inte alltid. Vi ska dra en till och se vad vi får." Och så drog han och läste:

> "När Amors pilar borrar sig djupt in,
> Då går båd' himmel och helvete i spinn."

"Nå, fru Dörr, vad säger ni nu då? Det låter väl rätt annorlunda, eller hur?"

"Ja", sade fru Dörr, "annorlunda låter det. Men inte vet jag om jag gillar det… Om jag nu skulle dra en smällkaramell…"

"Ja?"

"Men då får det inte finnas nånting om helvetet där. Jag vill inte att det ska finnas en sån plats."

"Det vill inte jag heller", skrattade Lene. "Fru Dörr har helt rätt. Hon har alltid rätt. Men det är också sant att om man får en sån vers, då har man alltid nåt att börja med, börja ett samtal menar jag, för det är alltid svårast att börja, precis som när man ska skriva ett brev, och jag kan egentligen inte föreställa mig hur man kan sätta igång ett samtal med en massa damer som man inte känner – alla kan man kan ju inte känna."

"Å, min kära Lene", sade Botho, "det är inte så besvärligt som du tror. Det är faktiskt rätt enkelt. Om du är med på noterna så ska jag med det samma låta dig få vara med om en bordskonversation."

Fru Dörr och fru Nimptsch tyckte båda att det var en strålande idé, och även Lene nickade bifall.

"Då så", fortsatte baron Botho. "Vi säger att du är en liten grevinna. Och jag har just fört dig till bordet, och vi har satt oss ned och nyss börjat med soppan."

"Utmärkt det. Och sen då?"

"Så säger jag: 'Ursäkta, men om jag inte tar fel, min nådigaste komtessa, så såg jag er igår i Flora, tillsammans med er fru moder. Inte så konstigt. Vädret lockar ut vem som helst i det fria, som om man skulle vilja resa på semester. Har ni några planer för sommaren, min nådigaste grevinna?' Och nu svarar du att tyvärr ingenting ännu är bestämt, för pappa vill absolut till Bayern och bergen där, medan du själv längtar till Sachsiska Schweiz med Königstein och dess bastei."

"Det gör jag verkligen själv också", skrattade Lene.

"Det där fungerar bra, förstår ni. Och sen går jag vidare. 'Ja, nådigaste komtessa, då har vi samma smak. Jag föredrar också Sachsiska Schweiz framför nån annan plats på jorden, i synnerhet framför egentliga Schweiz. Man kan inte alltid frossa i stor natur, klättra i bergen och drabbas av andnöd. Men Sachsiska Schweiz! Det är himmelskt, det är idealiskt. Och så ligger Dresden där i närheten. På en kvart eller en halvtimme är jag där. Jag ser tavlor, teater, Grosser Garten, Zwinger, Grünes Gewölbe. Försumma bara inte att se kannan med de fåvitska jungfrurna och framförallt inte Körsbärskärnan där hela Fader Vår är inristad. Men man måste ha förstoringsglas för att få syn på den."

"Det är så ni pratar?"

"Exakt så, min skatt. Och när jag har talat färdigt med min granne till vänster, alltså med komtessan Lene, vänder jag mig till min granne på höger sida, alltså fru friherrinnan Dörr."

Fru Dörr slog sig förtjust på knäna så att det lät som en knall…

"Till fru friherrinnan Dörr alltså. Och vad bör jag tala om? Låt oss säga murklor."

"Käre Gud, murklor. Men det går väl inte an, herr baron, inte murklor."

"Varför inte, varför skulle det inte gå, kära fru Dörr? Det är ett mycket allvarligt och lärorikt samtal, och ni anar inte hur stor betydelse det kan ha för vissa människor. En gång sökte jag upp en vän i Polen, kamrat från kriget och regementet. Han bodde i ett stort slott, det var rött och hade två tjocka torn och var så fruktansvärt gammalt att det knappast finns motstycke i vår tid. Och rummet längst bort, det var hans vardagsrum. Han var ogift, eftersom han hatade kvinnor…"

"Det kan jag inte tänka mig."

"Och överallt var det murkna golvtiljor, som man hade trampat igenom, och överallt där det saknades en golvtilja fanns det en bädd av murklor, och jag gick förbi alla de där murkelbäddarna, tills jag slutligen kom in i hans rum."

"Det kan jag inte tänka mig", upprepade fru Dörr och fortsatte: "Murklor. Men ni kan väl inte prata om murklor jämt och ständigt."

"Nej, inte alltid. Men ofta eller åtminstone ibland, och egentligen är det helt egalt vad det är man pratar om. Och om det inte är murklor, så kan det vara champinjoner, och om det inte är det röda polska slottet så kan det vara det lilla slottet Tegel eller Saatwinkel eller Valentinswerder. Eller Italien eller Paris eller statsjärnvägen eller om Panke ska svämma över. Det är fullkomligt likgiltigt. Allting kan man säga nånting om, vare sig man gillar det eller ej. Och ett 'bä' går lika bra som ett 'bu.'"

"Men", sade Lene, "om allt som sägs inte betyder nånting, då förvånar det mig att du finns med i såna där sällskap."

"Å, man ser vackra damer och toaletter, och om man är uppmärksam kan man få blickar som säger nånting om en dittills okänd värld. Och i vart fall varar det inte så länge, så det blir alltid tid över att ta igen sig på klubben. Och på klubben är det skönt, där upphör kallpratet och verkligheten kommer emot en. Igår tog jag Pitts svarta Garditzsto ifrån honom."

"Vem är Pitt?"

"Smeknamn – såna som vi använder oss av när vi är tillsammans. Kronprinsen säger ju också Vicky, när han menar Viktoria. Det är underbart att man kan vara intim på det är sättet. Men lyssna då, det börjar visst det en konsert där borta. Kan vi inte öppna fönstren, så att vi får höra bättre? Du vickar redan på foten. Säg, hur vore det om vi skulle anträda en kontradans eller en kadrilj? Vi har tre par: fader Dörr och den goda fru Nimptsch, fru Dörr och jag (om jag får den äran) och sen Lene och Hans."

Fru Dörr var genast med på noterna, men fru Nimptsch och Dörr avböjde, den ena för att hon var för gammal, den andre för att han inte kunde turerna.

"Gott, fader Dörr. Men då måste ni slå takten. Lene, ge honom kaffebrickan och en sked. Och kom så fram, mina damer. Fru Dörr, er arm. Och Hans, vakna nu, rappa på."

Båda paren intog faktiskt sina platser, och fru Dörr blev ännu ståtligare än förut, när hennes kavaljer på bästa dansmästarfranska dirigerade: En avant deux, pas de basque. Den fräknige trädgårdsdrängen, som tyvärr alltjämt befann sig i halvdvala, föstes hit och dit närmast mekaniskt, som en marionett, men de andra tre dansade korrekt och gjorde Dörr så betagen, att han slog med knogarna på brickan istället för med skeden. Också gamla fru Nimptsch drog sig till minnes, hur mycket roligt hon hade haft förr i världen, och eftersom hon inte kunde komma på något bättre, rörde hon om med eldgaffeln i glöden så länge att en eldslåga flammade upp.

Så gick det på, tills musiken där ute tystnade. Botho ledde fru Dörr tillbaka till hennes plats, och det var bara Lene som stod kvar, eftersom den bortkomne trädgårdsdrängen inte visste vad han skulle göra med henne. Men det passade Botho perfekt, så när musiken utanför spelade upp igen, tog han med sig Lene på en vals och började viska

29

till henne, hur underbar hon var, underbarare än någonsin.

De hade alla blivit varma, särskilt fru Dörr som just ställt sig vid det öppna fönstret för att få lite svalka. "Jösses, så jag ryser", sade hon plötsligt, varpå Botho genast på sitt förekommande sätt for upp för att stänga fönstret. Men fru Dörr ville inte höra på det örat och försäkrade: "Fint folk vill alltid ha frisk luft, och en del vill ha så mycket av den varan att deras läppar på vintern fryser fast i täcket. Och när de andas är det som ångan när den pyser ut ur pipen. Alltså, fönstren måste vara öppna, annat kommer inte på fråga. Men om Lene lilla hade nånting för det invärtes, för själ och hjärta..."

"Visst har jag det, kära fru Dörr. Allt vad ni begär. Jag kan laga te eller sätta fram lite punsch, eller bättre upp: jag har kvar Kirschwasser som ni gav mor Nimptsch och mig i julas till det stora mandelbrödet..."

Och innan fru Dörr hade hunnit bestämma sig för te eller punsch, var flaskan med Kirschwasser framtagen, tillsammans med stora och små glas, som var och en kunde slå i efter eget behag. Och Lene gick sedan laget runt med den sotiga kitteln som hade stått på spisen och fyllde på med kokhett vatten.

"Inte för mycket, Lene lilla, inte för mycket. Det måste verka av sig självt. Vatten tar bort kraften." Och i samma ögonblick fylldes rummet med doften av mandel och körsbär från den ångande drycken.

"Det där gjorde du bra", sade Botho och läppjade på sitt glas. "Gudarna ska veta att jag inte fick i mig nåt så gott under hela gårdagen – idag på klubben ska vi bara inte tala om. Leve Lene! Men den egentliga äran tillkommer allas vår fru Dörr, som 'rös så', och därför föreslår jag en skål till: Länge leve fru Dörr!"

"Hon leve!" skrek alla i munnen på varandra, och gamle Dörr slog återigen med knogarna på brickan.

Alla ansåg att det var en fin dryck, mycket bättre än punschessensen som på sommaren smakade som bitter citron, eftersom den för det mesta var slagen på gamla flaskor som hade stått i skyltfönstren i skarpt solsken ända sedan fettisdagen. Men Kirschwasser, det var bra för hälsan och blev aldrig förstört, och innan man blev förgiftad på bittermandel, fick man nog hälla i sig ordentligt, en hel flaska åtminstone.

Kommentaren kom från fru Dörr, och gubben, som inte ville fördjupa sig i ämnet, kanske därför att han så väl kände denna sin hustrus främsta passion, flaggade för uppbrott: "I morgon är också en dag."

Botho och Lene försökte övertala honom att stanna. Men den goda fru Dörr, som var väl medveten om att "man måste ge efter ibland om man vill behålla kommandot", sade bara: "Låt det vara, Lene lilla, jag känner honom. Det är nu bara så att han går till sängs med hönsen."

"Då så", sade Botho, "sagt och gjort. Men då följer vi familjen Dörr hem."

Och därmed bröt de alla upp, och kvar blev bara gamla fru Nimptsch, som nickade på huvudet till avsked och sedan gick och satte sig i länstolen.

FEMTE KAPITLET

BOTHO OCH LENE gjorde halt framför "slottet" med de grön- och rödmålade tornen, och under iakttagande av alla formaliteter och med tanke på att kvällen var så skön bad de herr Dörr om att få återvända till trädgården och promenera omkring där under någon halvtimme. Fader Dörr muttrade någonting om att han inte kunde lämna sin egendom i bättre händer. Det unga paret bugade sig artigt och tog adjö och gick sedan bort mot trädgården. Allt hade redan kommit till ro utom Sultan, som de måste ta sig förbi: han hoppade upp, gnydde och gav sig inte förrän Lene hade klappat honom. Då kröp han tillbaka in i sin koja.

Inne i trädgården var allt var friskt och välluktande. Längs hela mittgången, mellan vinbärs- och krusbärsbuskar, växte lövkojor och reseda, och den fina doft de gav ifrån sig blandades med en kraftigare som kom från timjanodlingarna. Ingenting rörde sig i trädkronorna, endast lysmaskar fladdrade i luften.

Lene vilade sin arm i Bothos. De promenerade sida vid sida till dess trädgården tog slut. Mellan två silverpopplar stod en bänk.

"Ska vi sätta oss?"

"Nej", sade Lene, "inte än." Hon böjde av mot en sidogång, där höga hallonsnår nästan hade vuxit sig över staketet till trädgården. "Jag tycker om att du håller mig under armen. Berätta för mig. Men det måste vara nånting vackert. Eller fråga mig."

"Jag ska. Har nu nånting emot att jag börjar med Dörrs?"

"Inte det minsta."

"Det är ett egendomligt par. Men lyckliga, skulle jag tro, och just därför. Han måste göra som hon säger, ändå är han den klokare av dem."

"Ja", sade Lene, "klokare är han, men också sniken och kallhamrad, och det gör honom foglig, eftersom han alltid har dåligt samvete. Hon håller tummen hårt i ögat på honom och accepterar inte att han försöker skörta upp folk. Det är det han är rädd för, och det är det som gör honom så eftergiven."

"Ingenting annat?"

"Kärlek kanske, hur konstigt det än kan låta. Det vill säga kärlek från hans sida. För trots att han är femtiosex eller mer, är han fortfarande tokig i henne, just därför att hon är så stor. I den här frågan har de båda bekänt de underligaste saker för mig. Och jag säger dig öppet: hon är inte i min smak."

"Du har fel där, Lene. Hon gör ju en mycket bra figur."

"Ja", skrattade Lene, "hon gör en bra figur, men hon har ingen. Ser du inte att hennes höfter sitter en tvärhand för högt upp? Men sånt där ser ni inte. 'Figur' och 'ståtlig', det är bara omskrivningar, och ni bekymrar er inte om vad den där ståtligheten egentligen kommer sig av."

De pratade och gnabbades, just som Lene stannade till och böjde sig ned för att leta efter en tidig jordgubbe i en lång och smal rad av plantor som sträckte sig längs häcken och staketet. Till slut fann hon vad hon sökte, hon tog stängeln från ett riktigt praktexemplar mellan sina läppar, och sedan gick hon fram till honom och såg på honom.

Han dröjde inte utan tog bäret från hennes mun, omfamnade henne och kysste henne.

"Min ljuvliga Lene, det gjorde du fint. Men hör nu hur Sultan skäller. Han vill vara hos dig. Ska jag släppa honom lös?"

"Nej, om han kommer hit, så har jag dig bara till hälften. Och fortsätter du att prata om den ståtliga fru Dörr, så har jag dig nästan inte alls."

"Så får det bli", skrattade Botho. "Sultan får vara kvar, det är jag helt med på. Men fru Dörr måste jag få prata mer om. Är hon verkligen en så god människa?"

"Ja, det är hon, trots att hon säger besynnerliga saker – som låter tvetydiga och som möjligen är det också. Men det är ingenting som hon är medveten om, och i hennes handel och vandel finns det inte det minsta som kan påminna om hennes förflutna."

"Har hon ett förflutet då?"

"Ja. Åtminstone hade hon under många år en relation och 'var tillsammans med honom', som hon brukar uttrycka sig. Och det är inget tvivel om att det har talats kolossalt mycket om den här affären och naturligtvis också om den goda fru Dörr själv. Hon ska också ha väckt anstöt gång på gång. Det är bara hon själv som i sin enfald inte har bekymrat sig det minsta, än mindre förebrått sig själv. När hon kommer in på saken, är det som om det var en trist tjänst som hon ärligt och samvetsgrant utförde av ren pliktkänsla. Du skrattar, och det låter förstås rätt besynnerligt. Men man kan inte uttrycka sig på annat sätt. Nu bryr vi oss inte om fru Dörr mera utan sätter oss och tittar på månskäran istället."

Och månen stod verkligen rätt över elefanthuset som låg ett stycke bort, och detta såg mera fantastiskt ut än det brukade, nu när det belystes av månens silvriga strålar. Lene pekade på månen, drog kapuschongen tätare om sig och tryckte sig mot hans bröst.

Så gick några minuter, de teg och var lyckliga. Först när hon liksom vaknade upp, ur en dröm som ändå blev kvar hos henne, sade hon: "Vad tänkte du på? Du måste säga mig sanningen."

"Vad jag tänkte på, Lene? Jag skäms nästan att säga det. Det var rätt sentimentalt. Jag tänkte på köksträdgården i vårt slott Zehden, som ser ut precis som den här hos Dörrs, samma salladsodlingar med körsbärsträd mitt i och lika många fågelholkar, det skulle jag kunna slå vad om. Och sparrissängarna ser likadana ut. Där gick jag med min mor, och om hon var på gott humör, kunde hon ge mig en kniv och be mig hjälpa henne. Men ve mig om jag var klumpig och skar sparrisstängeln för kort eller för lång. Min mor var flink i fingrarna."

"Det kan jag tro. Och jag känner det alltid som om jag måste vara rädd för henne."

"Rädd. Hur då? Varför det, Lene?"

Lene skrattade otvunget, och ändå fanns det ett spår av förkonstling i hennes röst. "Du får inte tro att jag skulle vilja presenteras för hennes nåd, och du får inte ta det på annat sätt än om jag skulle säga att jag var rädd för kejsarinnan. Du skulle väl ändå inte tro, att jag ville bli presenterad för hovet? Nej, du ska inte oroa dig. Jag anklagar dig inte."

"Nej, det gör du inte. Det är du för stolt för, och egentligen är du en liten demokrat och måste rannsaka dig själv för vartenda vänligt ord du säger mig. Har jag fel? Men om vi bortser från det, hur tänker du dig min mor? Hur ser hon ut?"

"Precis som du: lång och smärt och blåögd och blond."

"Stackars Lene." Nu var det hans tur att skratta. "Du har verkligen inte slagit huvudet på spiken. Min mor är kortväxt, hon har eldiga svarta ögon och en stor näsa."

"Jag tror dig inte. Det är inte sant."

"Men så är det. Du måste inse att jag har en far också. Men kvinnor gör inte det. Ni sätter alltid er själva i centrum. Men säg mig nu nånting om hur min mor är till sitt väsen. Nu får du sikta bättre."

"Jag tror att hon går mycket in för sina barns välbefinnande."

"Mitt i prick..."

"... och att alla hennes barn ska göra lycka, ja, mycket lyckade partier. Och jag vet också vem hon har utvalt till dig."

"En olycklig kvinna som du..."

"Du misstar dig på mig! Faktiskt, du måste tro mig. Att jag får ha dig nu, i det här ögonblicket, det är det som gör mig lycklig. Vad som sen kommer ut av det, det är ingenting som jag går och funderar på. En vacker dag är du borta..."

Han skakade på huvudet.

"Gör inte så. Det är som jag säger. Du älskar mig och du är mig tro-gen, åtminstone inbillar jag mig det i min barnsliga kärlek och fåfänga. Men en dag är du borta, det inser jag fuller väl. Du måste. Man säger att kärleken gör en blind, men den öppnar också ens ögon och gör en klarsynt."

"Ack, Lene, du vet inte hur mycket jag älskar dig."

"Det vet jag nog. Och jag vet också att du tycker att din Lene är nånting speciellt och att du var dag går och tänker att 'om hon ändå vore en grevinna'. Men det är i senaste laget, det kan jag inte göra nån-ting åt. Du älskar mig, men du är svag. Vi kan inte ändra på det. Alla vackra män är svaga, de styrs av starkare krafter... Och de starkare... vilka är de? Ja, antingen är det din mor, eller så är det sladdret eller omständigheterna. Eller alla tre sakerna tillsammans... Men titta!"

Hon pekade bort mot Zoo. En raket hade just skjutits upp från de mörka lövmassorna med ett väsande ljud och exploderat i otaliga smällare. Den följdes av ytterligare en raket och flera andra, som om de jagade och ville överträffa varandra, tills allt plötsligt var över och buskagen där borta tycktes börja glöda i grönt och rött. Ett par fåglar skriade i sina burar, och efter ett längre uppehåll satte musiken igång igen.

"Du förstår, Botho, om jag nu tog dig med mig till Lästerallee där borta och vandrade fram och tillbaka, lika tryggt som här bland buxbomshäckarna, och skulle säga till vem det vara månde att 'titta ni bara, han är han och jag är jag, och han älskar mig och jag älskar honom' – ja, Botho, vad tror du inte att jag hade gett för det? Men du förstår inte vad jag menar. Ni känner ju bara till era egna cirklar och era klubbar och ert sätt att leva. Era ynkliga liv."

"Säg inte så, Lene."

"Varför inte? Man måste se sanningen i vitögat och inte låta sig lu-ras, framförallt inte lura sig själv. Men det håller på att bli kallt, och det är snart slut där borta. Det är finalen som de spelar nu. Kom, vi går in och sätter oss vid ugnen, den brinner ännu och mor har för länge sen gått och lagt sig."

Så gick de tillbaka längs stigen. Hon lutade sig lätt mot hans axel. I "slottet" var det släckt. Bara Sultan kikade ut från sin koja och blängde efter dem. Men han rörde sig inte och hade en surmulen uppsyn.

SJÄTTE KAPITLET

EN VECKA SENARE och kastanjerna hade redan slagit ut, också på Bellevuestrasse. Här hade baron Botho von Rienäcker en våning i gatuplanet med balkonger både mot gatan och mot trädgården och med arbetsrum, matsal och sängkammare som alla tre var inredda med utsökt smak och till en kostnad som vida översteg hans tillgångar. I matsalen fanns två stilleben av Hertel och mellan dem en dyrbar kopia av Rubens' "Hetsjakt på björn", och arbetsrummet ståtade med en "Storm till sjöss" av Andreas Achenbach, omgiven av mindre motiv av denne mästares hand. "Storm till sjöss" hade kommit i hans ägo genom ett lotteri. Med innehavet av detta vackra och värdefulla konstverk hade han utbildat sig till konnässör, med en särskild fäbless för Achenbach. Han tyckte om att skämta om detta och brukade försäkra, att turen i lotteriet hade förlett honom till ständigt nya inköp och stått honom dyrt – med tillägget att "det kanske turen alltid gör".

Framför plyschsoffan, täckt av en persisk matta, stod ett bord i malakit och på bordet en kaffeservis, medan det på själva soffan låg en massa politiska tidningar utströdda, varav en del av det slaget som man inte hade kunnat förvänta sig i ett sådant hus utan endast kunde förklaras av baron Bothos favoritmaxim: "Först kommer pratet, sedan politiken." Särskilt roades han av så kallade pärlor, anekdoter som var rena påhitt. Under frukosten lät han kanariefågelns bur stå öppen, och varje morgon flög fågeln omkring och pickade honom på axeln och handen, och istället för att bli irriterad lade husets herre tidningen åt sidan för att smeka den lilla gunstlingen. Men glömde han bort sig, kom fågeln och trängde sig in mot halsen och skägget på honom, medan han satt och läste, och pep så ihärdigt att den till slut fick sin vilja fram. "Alla favoriter är likadana", sade baron Rienäcker, "de kräver lydnad och underkastelse."

I samma ögonblick hördes ringklockan, och kalfaktorn kom för att överräcka dagens post. Ett av breven, grått och kvadratiskt, var oförslutet och frankerat med ett trepfennigfrimärke. "En lottsedel från Hamburg eller cigarreklam", sade Rienäcker och kastade kuvertet med innehåll ifrån sig. "Men det här... Å, från Lene. Men det ska jag spara till sist, om inte det här tredje med sigill gör det rangen stridig. Ostens vapen. Det måste vara från onkel Kurt Anton. Poststämpel Berlin, vilket betyder att han redan har infunnit sig. Vad kan han vara ute efter? Tio mot ett att jag måste luncha med honom eller att jag måste beställa rådjurssadel eller följa med honom till Renz och kanske även till Kroll eller troligtvis till bägge."

Och med en brevkniv som låg på fönsterbrädet tog han och sprättade upp kuvertet, där han nu också hade känt igen onkel Ostens handstil, och tog ut innehållet:

"Hotel Brandenburg, rumsnummer 15. Min käre Botho. För en timme sedan inträffade jag helskinnad på Ostbahnhof, där jag möttes av den gamla berlinska devisen 'Se upp för ficktjuvar', och har nu installerat mig på Hotel Brandenburg, mitt vanliga tillhåll – en äkta konservativ är en som lägger vikt vid tillvarons små detaljer. Jag stannar blott två dagar, ty luften här trycker mig. En kvalmig håla! Allt annat tar vi när vi möts. Låt oss ses klockan ett hos Hillers. Där äter vi rådjurssadel. På kvällen går vi till Renz. Kom i tid. Din gamle Onkel Kurt Anton."

Rienäcker skrattade. "Det kunde man tänka sig! Men en förnyelse i alla fall. Förut var det Borchardts, nu är det Hillers. Se så, käre onkel, en äkta konservativ är en som lägger vikt vid tillvarons små detaljer... Och nu, kära Lene... Om onkel Kurt Anton bara visste i vilket sällskap hans brev och befallningar befinner sig."

Och medan han uttalade dessa ord, bröt han Lenes biljett och läste:

"Det är nu hela fem dagar sedan jag såg dig förra gången. Ska det dröja en vecka? Och jag trodde att du skulle komma redan nästa dag, så lycklig var jag den kvällen. Du var så kär och vänlig mot mig. Mor retades med mig och sade: 'Han kommer inte tillbaka.' Ack, hur ont gör det mig inte i hjärtat, när jag tänker på att det måste bli så och att det kan ske vilken dag som helst. Igår påmindes jag om det igen. För när jag just skrev till Dig att jag inte sett Dig på fem dagar, så talade jag inte sanning: jag *har* sett dig, på korson, men i hemlighet, utan att någon vet om det. Du förstår, jag var också där, naturligtvis långt ifrån dig, på en tvärgata, och jag såg Dig rida fram och tillbaka i en timmes tid. Å, jag var så gränslöst begeistrad, för Du var den stiligaste (nästan som fru Dörr, som sänder Dig sina hälsningar), och jag var så stolt att få se Dig, att jag inte en gång blev svartsjuk. Utom vid ett tillfälle. Vem var den där sköna blondinen med sina två skimlar som var insvepta i en girland av blommor? Massor av blommor, helt utan blad och stielkar. Något så vackert har jag inte sett i hela mitt liv. Som barn hade jag trott att det måste vara en prinsessa, men sedan dess har jag lärt mig att prinsessor inte alltid är de vackraste. Ja, hon var vacker, och hon slog an på Dig, det kunde jag se, och Du slog an på henne också. Men modern, som satt bredvid den sköna blondinen, tilltalade Dig ännu mer. Och det gjorde mig förargad. Jag skulle inte missunna Dig en ung kvinna, om det nu måste vara så. Men en gammal! Och en mamma också! Nej, nej, hon har haft sitt. Du förstår att Du måste säga mig hur det är och lungna mig, min egen Botho. Jag väntar Dig i morgon eller övermorgon. Och går det inte på kvällen, så kom dagtid, om så bara för en minut. Jag är så rädd om Dig, eller egentligen om mig själv. Du förstår vad jag menar. Din Lene."

"Din Lene" – han upprepade underskriften för sig själv, och han överfölls av en oro, sedan de mest motstridiga känslor tagit plats i hans bröst: kärlek, bekymmer, fruktan. Så läste han brevet en gång till. På ett par tre ställen kunde han inte låta bli att göra en liten förstrykning med sin blyertspenna i silver, men inte för att kriarätta utan rätt och slätt därför att han kände ett så stort behag. "Så väl hon skriver! Handstilen är klanderfri och stavningen nästan… Stielk istället för stjälk… Ja, varför inte? Stiehl, så hette ett fruktat skolråd, men det är jag ju tack och lov inte. Och lungna: ska jag bli arg på henne för ett n för mycket? Vem skriver alltid lugn på rätt sätt? De små komtessorna sällan, de riktigt gamla aldrig. Så vad spelar det för roll? I sanning, brevet är precis som Lene själv: så godhjärtad, trogen, pålitlig. Och felen gör det bara än mer förtjusande."

Han lutade sig tillbaka i fåtöljen och lade handen över panna och ögon. "Stackars Lene, vad ska det bli av detta? Det vore bättre för oss bägge om annandag påsk hade uteblivit i år. Varför måste det vara två helgdagar förresten? Varför Treptow och Stralau och dessa båtfärder? Och så nu onkel! Antingen kommer han som sändebud för min mor igen, eller så har han gjort upp sina egna planer för mig, på eget bevåg. Det får visa sig. Han är inte precis skolad i diplomatisk förställningskonst, och även om han skulle avge tio tysthetslöften, så kan man vara säker på att han läcker. Och jag kommer att få det ur honom, trots att jag inte är ett dugg mer förfaren i intrigmakeri än han."

Så drog han ut en låda i skrivbordet, där han förvarade andra brev från Lene som han hade knutit samman med ett rött band. Därefter ringde han på sin kalfaktor för att få hjälp med påklädningen. "Det är fint, Johann… Och glöm inte att dra ned jalusierna. Om nån kommer och frågar efter mig, så är jag fram till tolv i kasernen, efter ett på Hillers och på kvällen hos Renz. Och se till att du drar upp jalusierna vid rätt tidpunkt – jag vill inte komma tillbaka till en bastu igen. Låt lampan åt gatan stå på. Men inte i sängkammaren: myggen är för jäkliga i år. Förstått?"

"Till er tjänst, herr baron."

Rienäcker befann sig redan i korridoren när han slutförde sina befallningar. Från tamburen gick han sedan ut på förgården som vette mot gatan. Ur bakhåll drog han den trettonåriga vaktmästardottern i hårflätan, där hon stod och lutade sig över sin lillebrors barnvagn, för att mötas av en frusen blick som smälte så fort hon såg vem det var.

Genom gallergrinden kom han ut på gatan. Under kastanjernas kronor såg han bort mot Brandenburger Tor och sedan mot Tiergarten, där fordon och människor rörde sig ljudlöst fram och tillbaka, som om de hade befunnit sig på en camera-obscura-skärm. "Så vackert. Detta är ändå den bästa av världar."

SJUNDE KAPITLET

KLOCKAN TOLV VAR kaserntjänsten avklarad. Botho von Rienäcker tog en promenad längs "Linden" bort mot "Porten" bara för att få tiden att gå, innan han skulle ha sitt rendezvous på Hillers. Ett par tre konstgallerier kom honom till undsättning. Hos Lepke stod några par Oswald Achenbach i skyltfönstret, däribland en gata i Palermo, smutsig och solbelyst, med slående äkthet i fråga om både liv och kolorit. "Det finns saker som man aldrig blir på det klara med. Som dessa Achenbachare. Tidigare hade jag satt Andreas högst, men när jag nu ser det här, vet jag inte om inte Oswald kommer i jämnhöjd eller till och med överträffar honom. I varje fall finns det mer färg hos honom och en större variation. Men det där vågar jag inte annat än hålla för mig själv, annars skulle min "Sjöstorm" halveras i värde."

I sådana tankar stod han en stund utanför Lepkes skyltfönster. Sedan korsade han Pariser Platz i riktning mot "Porten" och Tiergartenallee, som vek av snett till vänster, innan han gjorde halt vid den Wolffska lejongruppen. Här såg han på klockan. "Halv ett. Tid kvar." Och så återvände han samma väg till "Linden". Framför Palais Redern såg han löjtnant von Wedell från gardesdragonerna komma emot sig.

"Vart är ni på väg, Wedell?"

"Till klubben. Och ni?"

"Till Hillers."

"Lite tidigt."

"Ja. Men vad kan jag göra? Jag ska luncha med en gammal onkel, av neumärkiskt blod från en avkrok där platserna heter Bentsch,

43

Rentsch, Stentsch – alla rimmar de på Mensch, givetvis utan några som helst konsekvenser eller förpliktelser i övrigt för dem som bor där. En gång tillhörde han ert regemente, jag menar min onkel. Visserligen för ett bra tag sen, början av fyrtiotalet. Baron Osten."

"Kommer från Wietzendorf?"

"Just det."

"Å, visst känner jag honom, till namnet vill säga. Släkt på långt håll. Min mormor var en Osten. Är det inte han som står på krigsfot med Bismarck?"

"Jodå. Vet ni vad, Wedell, kom med. Klubben försvinner inte, och inte heller Pitt och Serge. Om de är där klockan ett, hittar ni dem där klockan tre också. Men gamlingen svärmar alltid för dragonernas blått och guld och är tillräckligt mycket neumärkare för att bli glad åt att se en Wedell."

"Vi säger så, Rienäcker, men på ert ansvar."

"Med nöje."

Just då hade de kommit framtill Hillers, där gamle baronen redan stod vid glasdörren och höll utkik – klockan var en minut över. Han kommenterade inte detta och blev synbarligen högst förtjust, när Botho presenterade: "Löjtnant von Wedell."

"Er kusin…"

"Inga ursäkter, herr von Wedell. Allt som heter Wedell är mig kärt, och den som bär en sån kappa är det flera gånger om. Mina herrar, låt oss se om vi kan retirera från denna defilering av bord och stolar och inta en position i de bakre leden. Inte särskilt preussiskt kanske, men tämligen rekommendabelt."

Så tog han befälet för att hitta några bra platser, och efter att ha tittat in i ett antal mindre kabinett fann han till slut ett ganska stort rum tapetserat med läderfärgat material och utan särskilt mycket ljus, eftersom det med sitt breda, trespröjsade fönster var vänt mot en smal och mörk bakgård. Bordet var dukat för fyra, men det fjärde kuvertet avlägsnades raskt, och medan de båda officerarna ställde sina palla-

scher och sablar i fönstersmygen, vände sig gamle baronen till hov-
mästaren, som hade följt dem på avstånd, och beställde in hummer
och vit bourgogne. "Men vilken sort, Botho?"

"Låt oss säga Chablis."

"Chablis får det bli. Och färskt vatten. Men inte direkt från kranen,
hellre så att det immar sig i karaffen. Och nu, mina herrar, slå er ned: ni
käre Wedell här och Botho där. Om vi nu bara inte hade haft den här
svinhettan som har kommit så tidigt i år. Vi behöver frisk luft, mina
herrar, frisk luft. Er vackra stad, Berlin, som blir vackrare för varje år
(så säger folk som inte vet bättre), detta vackra Berlin har allt utom
frisk luft." Och så slog han upp de stora fönsterhalvorna och satte sig
så, att han hade den stora öppningen i mitten rätt framför sig.

Hummern hade ännu inte anlänt, fastän chablin redan stod på bor-
det. Under uppenbar nervositet tog gamle Osten ett kuvertbröd ur
korgen, och bara för att ha någonting att göra skar han det snabbt och
virtuost på diagonalen. Därefter lade han tillbaka kniven och räckte
handen åt Wedell. "Är er synnerligen förbunden, herr von Wedell, och
vilket briljant infall av Botho att locka er bort från klubben för några
timmar. Jag tar det som ett gott omen att få möta en Wedell på min
första lediga dag i Berlin."

Och för att stilla sin nervositet började han fylla glasen, han be-
ställde en flaska Clicquot som skulle vara väl kyld och så fortsatte
han: "Egentligen, käre Wedell, är vi släkt med varandra. Det finns inga
Wedells som vi inte är släkt med, även om det skulle vara på långt
håll. Det rinner neumärkiskt blod i alla. Och när jag nu återser det
där dragonblåa, får jag en klump i halsen. Ja, herr von Wedell, gammal
kärlek rostar aldrig. Men här kommer hummern... Ta den stora klon,
är ni snäll. Klorna är alltid det bästa... Men vad skulle jag säga, gam-
mal kärlek rostar aldrig, inte heller modet. Och jag säger bara: Gud
vare tack och lov. På den tiden hade vi gamle Dobeneck. *Det* var en
man, på min ära! Med ett barns sinne. Men om nånting gick på tok
och ingenting fungerade – som han såg på en, jag skulle vilja se den

man som kunde möta en sån blick. Riktig gammal ostpreussare, han hade upplevt anno tretton och fjorton. Vi var rädda för honom, men vi älskade honom också. Han var som en far för oss. Och vet ni vem min ryttmästare var, herr von Wedell…?"

I samma ögonblick kom champagnen.

"Min ryttmästare var Manteuffel, han som vi har allt att tacka för, han som skapade armén och därmed gav oss segern."

Herr von Wedell sänkte sitt huvud. Botho anmärkte i förbigående: "Så kan man naturligtvis uttrycka det."

Det var ingalunda klokt och förståndigt av Botho, som det strax skulle visa sig, ty gamle baronen, som redan från början led av högt blodtryck, blev nu alldeles röd över sin kala hjässa, och det lilla krulliga hår han hade runt tinningarna tyckte krulla sig än mer. "Jag förstår dig inte, Botho. Vad ska det betyda: 'Så kan man naturligtvis uttrycka det'? Det kan väl lika gärna betyda: 'Så kan man naturligtvis *inte* uttrycka det.' Och jag vet precis vart det är du vill komma. Du vill antyda att en viss kyrassiärofficer i reserven, som inte har gjort sig bemärkt i reserven, åtminstone inte för några revolutionära åtgärder där – du vill antyda, säger jag, att en viss herre från Halberstadt med svavelgul styvkrage egentligen stormade St. Privat på alldeles egen hand och därefter omringade Sedan. Botho, det där imponerar inte på mig. Han var en ung notarie i tjänst hos regeringen i Potsdam, faktiskt under gubben Meding, som aldrig hade ett gott ord att säga om honom, det vet jag, och han lärde sig aldrig annat än att skriva depescher. *Det* kan han, det får jag tillstå. Med andra ord: han är en pennfäktare. Men det var inte pennfäktare som gjorde Preussen mäktigt. Var segrarna vid Fehrbellin och Leuthen pennfäktare? Var Blücher eller Yorck pennfäktare? *Här* ska fjädern sitta i den preussiska armén. Jag står inte ut med den här kulturen."

"Men käre onkel…"

"Men och men. Jag tål inga men. Tro mig, Botho, man måste ha nått en viss mognad för att förstå dessa ting, och det har jag. Hur förhåller det sig nu med detta? Han knuffar omkull stegen som han har klättrat upp på och förbjuder till och med Kreuzzeitung. Rent ut sagt: han ruinerar oss, han ser ner på oss, han är oförskämd mot oss, och när han är på det humöret, anklagar han oss för stöld eller försnillning och sätter oss på fästning. Nej, vad säger jag? Fästning är för anständigt folk, nej, han sänder oss till gäldstugan, för att karda ull... Mer luft, mina herrar, frisk luft. Ni har ingen luft här. I denna fördömda håla."

Och han reste sig och öppnade även de bägge rutorna till höger och till vänster, så att både gardiner och bordsduk började fladdra. När han hade satt sig på nytt, tog han ett par isbitar ur champagnekylaren för att svalka pannan med dem.

"Å", fortfor han, "isen här är den allra bästa rätten... Men säg mig nu, herr von Wedell, har jag rätt eller fel? Botho, handen på hjärtat, har jag rätt? Är det inte sant att en märkisk adelsman, upprörd på sitt stånds vägnar, måste räkna med en högförräderiprocess? En sådan man... från en av våra bästa familjer... långt förnämare än de där Bismarckarna, och så många av dem som har fallit för tronen och för huset Hohenzollern, att man skulle kunna sätta upp ett helt livkompani av dem, med tomma stålhjälmar och med en Boitzenburgare i täten. Ja, mina herrar. Och en sån familj ska förödmjukas på det viset. Varför det? Försnillning, vanskötsel, röjande av statshemligheter. Vet ni vad, det enda som saknas är barnamord och osedlighet, och man undrar faktiskt varför det inte också har lagts dem till last. Men ni tiger, mina herrar. Säg någonting, jag ber er. Jag är inte som han, tro mig, jag kan lyssna på andras åsikter. Vad säger ni, herr von Wedell, vad säger ni?"

Wedell hade råkat i allt större förlägenhet. Han gjorde vad han kunde för att hitta de rätta orden och dämpa stämningen: "Ni har nog rätt, herr baron. Jag ber om tillgift, men när saken utspelades, hörde jag mycket som jag sen la på minnet, att den svage inte får stå i vägen för den starke, att det nu en gång är så, i politiken som i livet – att makt går före rätt."

"Och mot detta finns då inget att invända, ingen appell?"

"O jo, herr baron, visst finns det appell – under bestämda omständigheter. Och om jag ska vara uppriktig: jag känner till fall där opposition har varit legitim. För det svagheten inte förmår, det är tillåtet för renheten – den äkta övertygelsen, det oförvillade samvetet. *Där* finns en rätt, ja rentav en skyldighet, till uppror. Men *vem* är ren och oförvillad? Hade… Men jag stannar här. Jag vill inte förnärma er och inte heller den familj vi nu talar om. Men ni vet lika väl som jag, att den som vågade sin ställning *inte* hade ett oförvillat samvete. Allt är tillåtet för den som har en äkta övertygelse. För den svage är inget tillåtet."

"För den som har en äkta övertygelse är allting tillåtet", upprepade den gamle baronen. Hans min var så listig att man inte kunde veta om han godtog tesen eller bestred den. "För den som har en äkta övertygelse är allting tillåtet. Ett motto som jag ska ta med mig hem. Min pastor kommer att gilla det – han började bråka med mig i höstas om ett stycke mark som han ville ha tillbaka. Inte för egen del, nej då, utan just för principens skull och för sina efterträdares. Knepig karl. Men den äkta övertygelsen tillåter allt."

"Du kommer att ge efter för honom när det gäller åkerstycket", sade Botho. "Jag känner Schönemann, från den tid när han var hos Sellenthins."

"Ja, då var han informator och visste inget bättre än att göra lektionerna kortare och rasterna längre. Och kunde spela rullband som en ung markis; det var ett nöje att se honom. Men nu har han varit sju år i tjänst, och du skulle inte känna igen den Schönemann som kurtiserade nådig frun. Men en sak vill jag ge honom erkänsla för, och det är att han fick hyfs på de små töserna, särskilt din lilla Käthe…"

Botho tittade generat på sin onkel, närmast som om han ville be om diskretion. Men gamle baronen var överlycklig över att ha tagit tjuren vid hornen och gick vidare med samma goda humör, utan att låta sig hejdas: "Sluta nu, Botho. Diskretion. Larv. Wedell är vår landsman och känner till historien precis om alla andra. Varför hymla om såna saker? Du är så gott som förlovad. Och det ska du veta, pojk, rada upp hur många töser du vill, bättre finner du inte. Har tänder som pärlor och skrattar jämt och ständigt, så att man får se hela raden. En blondin som heter duga, och om jag var tretti år yngre, så…"

Wedell märkte hur Botho tog illa vid sig och försökte komma till undsättning: "Damerna Sellenthin är alla mycket charmanta, mor som dotter. I somras var jag med dem i Norderney, förträffligt, men jag skulle ge den andra företräde…"

"Desto bättre, Wedell. Då går ni inte i vägen för varandra, och vi kan fira ett dubbelbröllop. Och Schönemann kan viga, om Kluckhuhn, snarstucken som alla gamlingar, tillåter det, och jag kommer inte bara att ställa min vagn till förfogande utan också cedera det där stycket åkermark utan att blinka, om det blir bröllop inom det närmaste året. Ni är förmögen, käre Wedell, så ni torde inte ha någon brådska. Men titta nu på vännen Botho. Att han ser så välnärd ut, det kan han inte tacka sina sandjordar för – bortsett från ett par ängar växer där ingenting annat än tall – och ännu mindre sin siksjö. Siksjö, det låter underbart, nästan poetiskt. Men det är också allt man kan säga om den. Man kan inte leva på sik. Jag vet att du inte gärna vill lyssna på det örat, men nu när vi har kommit in på saken, måste vi gå till botten med den. Din farfar slumpade bort heden, och din far, salig i åminnelse, en ypperlig man, men jag har aldrig sett en människa spela lomber så dåligt och så högt sen – din salig far, säger jag, styckade upp två hundra femtio tunnland myrmark och sålde dem till bönderna i Jeseritz, och vad som är kvar av bördig jord är inte mycket att hurra för, och de tretti tusen talerna han fick är borta sen länge. Om du var ensam hade det gått, men nu måste du dela det med din bror, och tills vidare håller din mamma, min kära fru syster, allt i sina händer, en präktig kvinna, god och förståndig, men inte heller lagd åt det sparsamma hållet. Botho, det är inte för intet som du tillhör de kejserliga kyrassiärerna, och det är inte för intet som du har en rik kusin som bara väntar på att du ska komma och ge henne ett regelrätt giftermålsanbud, som endast bekräftar och beseglar vad föräldrarna kom överens om när ni ännu var barn. Vad finns det att tveka om? Du förstår, om jag i morgon på väg hem kunde meddela henne nyheten: 'Kära Josephine, Botho är med på noterna, allt i sin ordning.' Pojk, det skulle glädja en gammal onkel, som bara ser till ditt bästa. Tala förnuft med honom, Wedell, det är hög tid att han lämnar ungkarlsståndet. Annars går han miste om vad som finns kvar av hans förmögenhet eller plottrar bort sig på en liten borgartös. Har jag inte rätt? Naturligtvis. Saken är klar. Och det måste vi skåla för. Men med den här bottenskylan..." Och han tryckte på ringklockan. "En Heidsieck. Bästa sorten!"

ÅTTONDE KAPITLET

TVÅ YNGRE HERRAR befann sig vid samma tid på klubben – den ene från Garde du Corps, slank, storväxt, flintskallig, den andre, avdelad från pasewalkers, något kortare, med helskägg och rakad bara på hakan som föreskrevs i statuterna. Den vita bordsduken av damast, som de hade avätit sin lunch på, var lagd åt sidan, och på den fria halvan av bordet satt de båda och spelade piquet.

"Sex kort med fyra i svit."

"Ska bli."

"Och du?"

"Fyrtal i äss, triss i kungar, triss i damer… Och du gör inget stick."

Han lade ut handen på bordet och samlade ihop kortleken, varpå den andre blandade.

"Vet du att Ella ska gifta sig?"

"Synd."

"Varför det?"

"Då kan hon inte längre hoppa genom tunnband."

"Dumheter. Ju mer de gifter sig, desto smalare blir de."

"Det finns undantag. Många inom cirkusaristokratin frodas ännu i tredje och fjärde generationen, vilket tyder på att de så att säga växlar mellan det smala och det inte så smala, eller mellan nymåne och första kvarteret, om du så vill."

"Där misstar du dig. Error in calculo. Du glömmer adoptionerna. Alla de här cirkusmänniskorna är Gichtelianer i det fördolda, och de ärver pengar, namn och anseende efter en överenskommelse som de har gjort upp på förhand. De verkar vara samma folk men förnyas hela tiden. Nytt blod. – Kupera nu … För övrigt har jag en nyhet till. Afzelius inträder i generalstaben."

"Vilken av dem"

"Han från ulanerna."

"Du skojar."

"Moltke håller styvt på honom, och han ska ha skrivit en utmärkt rapport."

"Imponerar inte på mig. Vem som helst som är lite påhittig kan sitta i ett bibliotek och skriva av handlingar och ge ut böcker, som Humboldt eller Ranke."

"Kvart. Fyrtal i äss."

"Kvint i kung."

Och medan de tog sina stick, hörde man från biljardrummet intill, hur bollarna kolliderade med varandra och hur käglorna föll.

Det var bara sex eller åtta herrar som uppehöll sig i de bägge inre klubbrummen, vilka med sina ena kortsidor vette åt en solbelyst men tämligen tråkig trädgård – alla tystlåtna, alla mer eller mindre försjunkna i sin whist eller sin domino, inte minst de två herrar som satt och spelade piquet och just hade pratat om Ella och Afzelius. Buden var höga. De såg inte upp från spelet, förrän de blev medvetna om en nykomling, som hade tagit sig in genom den rundbågade öppningen från grannrummet. Det var Wedell.

"Se Wedell. Om ni inte har med er färska underrättelser, så kommer ni att få med oss att göra."

"Pardon, Serge, men inte hade vi väl gjort något definitivt avtal."

"Men nästan. Nu kommer ni att finna mig på det mest förlåtande humör. Hur ni ska komma överens med Pitt, som just har förlorat hundrafemtio points, det får bli er sak."

Så lade de båda männen kortleken åt sidan, och den som Wedel hade tilltalat som Serge plockade fram sitt fickur och sade: "Kvart över tre. Dags för kaffe. Någon gammal filosof, och det måste ha varit en av de största, sade en gång att det bästa med kaffe är att det passar till varje tillfälle och varje stund på dygnet. Förvisso. Visdomsord. Men var ska vi ta det? Jag föreslår att vi sätter oss därute på terrassen, mitt i solen. Ju mer man står emot vädrets makter, desto bättre mår man. Får vi be om tre koppar, Pehlecke. Jag står inte längre ut med rasslet från käglorna, det gör mig nervös. Därute är det visserligen också en massa oljud, fast av annat slag. Istället för det där spetsiga klappret hör man duns och dunder från vår underjordiska kägelbana – man kan inbilla sig att man sitter på Vesuvius eller Etna. Och varför inte? Njutning är ingenting annat än inbillning, och den som har bästa fantasin, han njuter också mest. Endast det overkliga har något egentligt värde och är därför egentligen det enda verkliga."

"Serge", sade den andre som under spelet hade kallats Pitt, "om du fortsätter så där i känd stor stil, så straffar du Wedell hårdare än han förtjänar. För övrigt borde du ta hänsyn till mig också, eftersom det är jag som har förlorat. Så låt oss bli här, med gräsmattan i ryggen, mur-grönan i flanken och en tom vägg framför oss. Vilken himmelsk plats för Hans Majestäts garde! Vad skulle gamle furst Pückler ha sagt om denna klubbträdgård! Pehlecke... ställ bordet där, det blir bra. Och så en kubansk, av bästa sorten. Nu, Wedell, om vi ska förlåta er, nu måste ni tala klarspråk, så att vi får veta om nåt nytt krig bryter ut eller nåt annat stort är i görningen. Genom Puttkamers är ni ju trots allt befryndad med vår käre husgud, jag behöver inte säga vem. Vad håller han nu på att koka ihop?"

"Pitt", sade Wedell, "jag ber, inga Bismarckfrågor. För det första vet ni att kusiner i sjuttonde ledet inte precis hör till furstens mest intima och förtrogna bekantskaper och därför ingenting vet. Och för det andra kommer jag inte från fursten utan recte från en skottväxling, som var riktad mot ingen annan än hans höghet – och som träffade ibland men oftast inte."

"Och vem var denne oförvägne som höll i vapnet?"

"Gamle baron Osten, Rienäckers onkel. En charmant gammal

herreman och bon-garcon. Men också en fiffikus."

"Som alla från Mark."

"Jag är också därifrån:"

"Tant mieux. Då vet ni ju vad jag talar om. Men ut med språket. Vad var det den gamle sade?"

"Åtskilligt. Det politiska är ingenting att bry sig om, men en annan sak är desto viktigare: Rienäcker befinner sig i trångmål."

"Trångmål?"

"Han måste gifta sig."

"Och det kallar ni trångmål? Hör på nu, Wedell. Rienäcker är mera trängd än så: hans inkomster är niotusen per år och hans utgifter tolvtusen. Och mera trängd än så kan man inte vara, inte ens om man måste gifta sig. Äktenskapet är för Rienäcker ingen fara, det är räddningen. Jag har haft ögonen på det länge. Och vem är det?"

"En kusin."

"Naturligtvis. Kusiner är nästan alltid de som är räddningen. Och jag gissar att hon heter Paula. Nästan alla kusiner heter Paula nuförtiden."

"Men inte den här kusinen."

"Utan?"

"Käthe."

"Käthe? Å, då vet jag. Käthe Sellenthin. Hm, inte illa. Strålande parti. Gamle Sellenthin – det är väl han med en lapp för ögat? – han äger sex gods, och om man räknar utgårdarna blir det inte mindre än tretton. Alla ska delas lika, och den trettonde får Käthe på köpet. Man får gratulera..."

"Ni känner henne?"

"Givetvis. En äkta blondin, med förgätmigejögon, men ändå inte sentimental, mera sol än måne. Hon bodde i pension Zülow och var omsvärmad och tillbedd redan som fjortonåring."

"I pensionen?"

"Nej, inte direkt och inte var dag, men på söndagarna när gamle

Osten tog henne ut på restaurang, samme man som ni just träffade. Käthe, Käthe Sellenthin... på den tiden var hon som en liten sädesärla, det var så vi kallade henne, och hon var den mest förtjusande som man kan tänka sig. Jag kan ännu se hur hon satte upp sitt hår – slända kallade vi den där uppsättningen. Och den ska Rienäcker nu veckla ut. Ja, varför inte? Några större problem kommer han inte att få."

"Det kan nog bli besvärligare än mången tänker sig", svarade Wedell. "Och hur mycket han än behöver stärka sina finanser, så är jag inte helt säker på att han kommer att lägga sig platt för denna blonda utomordentliga skönhet från sina hemtrakter. Rienäcker har nämligen sen en tid tillbaka odlat en annan färgnyans, en askfärgad, och om det stämmer, som Balafré nyss berättade för mig, så har han på fullt allvar övervägt att upphöja denna tvättmadam till en riktig madam. Operans Avenel eller hans eget Zehden, vad spelar det för roll? Slott som slott. Och som vi känner till, brukar Rienäcker gå sina egna vägar, och han har alltid stått upp för de naturliga böjelserna."

"Ja", skrattade Pitt. "Det har han. Balafré skroderar och hittar på saker. Men ni, Wedell, ni är en klok karl och tror väl inte på såna där skrönor."

"Nej, inte på skrönor", sade Wedell. "Men det jag har sett med egna ögon, det tror jag på. Rienäcker har, trots att han är sex fot lång, eller kanske just därför, en dålig självkänsla och är lättledd, och vek och trohjärtad är han mer än de flesta."

"Förvisso. Men omständigheterna kommer att tvinga honom. Och han kommer att lösgöra sig och komma loss, i värsta fall som räven ur saxen. Det gör ont, och en del av det man har varit med om måste man lämna bakom sig. Men det mesta går att rädda, och då är man fri. Hur lyder ordspråket? 'Gud hjälper den som hjälper sig själv.'"

NIONDE KAPITLET

SAMMA KVÄLL SKREV Botho till Lene, att han skulle komma nästa dag, kanske lite tidigare än han brukade. Och han höll sitt ord och var där en timme innan solen gick ned. Naturligtvis träffade han också fru Dörr. Luften var hög, inte för varm, och efter en stunds samtal sade Botho: "Kanske skulle vi gå ut i trädgården."

"Ja, trädgården, eller nån annanstans?"

"Vad tänker du på?"

Lene skrattade. "Var inte orolig, Botho. Ingen ligger i bakhåll, och damen med skimmelspannet och blomstergirlanderna kommer inte att ställa sig i vägen."

"Så vart går vi, Lene?"

"Bara ut mot fälten, in i grönskan, där du inte har nånting annat än bellisen och mig. Och kanske också fru Dörr, om hon ville ha godheten att slå följe."

"Om hon vill", sade fru Dörr. "Det är klart. Stor ära. Men först måste jag snygga till mig lite. Är snart tillbaka."

"Ingen brådska, fru Dörr. Vi hämtar upp er."

Så fick det bli. Och när det unga paret en kvart senare promenerade genom trädgården, stod fru Dörr redan vid dörren, med en cape över armen och med en rent överdådig huvudbonad. Den hade hon fått av sin make. Ty som alla girigbukar måste Dörr då och då visa, att han kunde kosta på sig någonting som var så kostsamt, att alla bara skrattade åt det.

Botho sade något smickrande om hennes apparition. Strax gjorde de alla tre sällskap längs stigen, och genom en liten undanskymd sidogrind kom de ut på en upptrampad väg utmed staketet, som omgav trädgården och som från utsidan var övervuxet med nässlor, innan den tog dem vidare ned mot det öppna gröna ängslandskapet.

"Här fortsätter vi", sade Lene. "Det är den vackraste vägen och den ensligaste. Hit kommer ingen."

Och det var verkligen en enslig väg, mycket lugnare och ödsligare än de tre fyra andra som löpte vid sidan om, ut över ängarna bort mot Wilmersdorf. Ett egendomligt förstadsliv bredde ut sig på sina ställen. Någonstans såg man skjul sammanfogade av räckliknande ställningar som liknade gymnastikredskap. Detta väckte Bothos speciella nyfikenhet, men innan han hann fråga vad det hela handlade om, blev han vittne till hur filtar och mattor breddes ut över ställningarna, och i det samma började ett väldigt piskande med stora spanskrör, så att hela vägsträckan där borta låg insvept i ett enda dammoln.

Botho gjorde en gest åt det hållet och tänkte just inleda ett samtal med fru Dörr om fördelar och nackdelar med mattor, som väl egentligen inte var någonting annat än dammsamlare – "och den som har ett svagt bröst, kan få lungsot av det innan man vet ordet av". Men innan han hade avslutat meningen, såg han hur vägen de gick på förde dem till ett ställe, som måste ha varit en soptipp för en bildhuggare, för där var fullt av stuckornament, framförallt änglahuvud.

"Ett änglahuvud", sade Botho. "Titta, fru Dörr. Och här är en med vingar."

"Ja", sade fru Dörr, "och med tjocka kinder också. Men är det verkligen en ängel? Såna där små med vingar, kallas de inte amoriner?"

"Amoriner eller änglar", sade Botho. "Sak samma. Har jag inte rätt, Lene?"

Lene kände sig ansatt, men han tog henne i handen, och då blev allt bra igen.

Strax bakom soptippen tog stigen av till vänster. Där mynnade den ut i en något bredare väg, med popplar som just hade slagit ut och strödde sina flockiga klasar över ängen som vaddtussar.

"Titta, Lene", sade fru Dörr, "har du hört att de stoppar sängar med sånt, precis som med dun? Men de kallar det träull."

"Ja, jag känner till det, fru Dörr. Och jag blir alltid glad, när människor hittar på nya saker och drar fördel av dem. Men ni gillar det inte."

"Nej, Lene, det gör jag inte, det har du rätt i. Jag tycker bättre om det som är stabilt, tagel och resår, så att när det guppar…"

"Visst", sade Lene som började bli orolig för den vändning som samtalet tagit. "Men jag är rädd för att vi får regn. Hör ni inte grodorna, fru Dörr?"

"Ja, paddorna", svarade hon instämmande. "Ibland kväker de på nätterna, så att man inte får en blund i ögonen. Och varför det då? Jo, därför att allt häromkring är en enda sumpmark, det ser bara ut som om det är äng. Se bara på den där gölen, där storken står och tittar just mot vårt håll. Fast det är inte mig han stirrar på. Och skulle han göra det, så inte bryr jag mig om det inte."

"Vi måste väl ändå vända tillbaka här", sade Lene generat, egentligen bara för att ha någonting att säga.

"Precis tvärtom", skrattade fru Dörr. "Nu när vi har kommit så här långt, Lene. Inte ska du gruva dig, inte för en sån sak. Adebar, du min gode vän, ge mig… Eller ska jag kanske hellre sjunga: Adebar, du min bäste vän?"

Så gick de ett stycke vidare, för det tog alltid sin rundliga tid för fru Dörr, innan hon kunde släppa ett favoritämne.

Äntligen tog hon en paus, varefter man fortsatte promenaden i långsammare tempo, till dess man kom fram till en liten höjdrygg, som bildade en platå mellan Spree och Havel. Just där upphörde ängsmarken. Korn- och rapsfält tog vid och sträckte sig ända bort till den yttersta bebyggelsen i Wilmersdorf.

"Nu går vi dit upp", sade fru Dörr, "och sen sätter vi oss och plockar smörblommor och virar dem så att det blir till ett halsband. Jösses, det är så skojigt jämt när man trär dem där stjälkarna i varandra, så att det blir ett halsband eller en kedja av dem."

"Visst, visst", sade Lene som den här dagen hade oturen att hamna i den ena lilla förlägenheten efter den andra. "Visst, visst. Men kom nu, fru Dörr. Den här vägen."

Och sedan klev de upp för den låga slänten, och när de hade kommit ända upp, satte de sig på en liten hög av snyltrotsväxter och nässlor, som folk hade tippat där sedan föregående höst när de rensat ogräs. Denna komposthög var ett förträffligt rastställe. På samma gång var den en utsiktspunkt, varifrån man inte bara kunde skaffa sig en överblick över en kanal med dammar och betesmarker på ömse sidor fram till de nordligaste kvarteren i Wilmersdorf, utan också från ett närbeläget tabagie med kägelbana tydligt kunde höra hur käglorna föll och alldeles särskilt hur kloten rullades tillbaka längs två rangliga trärännor. Lene gladde sig omåttligt åt detta, tog Bothos hand och sade: "Du förstår, Botho, när jag var barn bodde vi strax intill ett sånt där värdshus, och så fort jag hör nån sätta klotet i golvet, vet jag på en gång hur många käglor som kommer att falla."

"Bra", sade Botho, "då kan vi ju slå vad."

"Om vad?"

"Det ger sig."

"Fint. Men det får räcka med att jag har rätt tre gånger, och om jag inte säger nåt, så räknas det inte."

"Det går jag med på."

Och nu lystrade de alla tre, och fru Dörr som blev mer exalterad för varje ögonblick svor dyrt och heligt, att hennes hjärta bultade och att det var precis som när ridån skulle gå upp på teatern. "Lene, Lene, du har tilltrott dig alltför mycket, nåt sånt är ju faktiskt inte möjligt, barn lilla."

Och så där hade hon väl gått på, om man inte i samma ögonblick hörde att ett klot hade kastats iväg och därefter slog emot den bakre väggen med ett dovt ljud innan det blev tyst igen. "Sandhase", skrev Lene. Och det stämde.

"Det var lätt", sade Botho. "Alldeles för lätt. Det skulle jag också ha gissat. Nu ska vi se vad det blir nästa gång."

Och så följde två ytterligare kast, utan att Lene sade ett ord eller rörde ett finger. Men fru Dörr stirrade alltmer storögt. Plötsligt, och då reste sig Lene genast upp, kom ett litet hårt klot, och man hörde det darrande ljudet från dess dans på trägolvet som en egendomlig blandning av elasticitet och fasthet. "Alla nio", skrev Lene. Och i det samma hörde man hur käglorna föll där borta, och kägelpojken behövde inte bekräfta vad alla redan visste.

"Du vann, Lene. Ikväll spelar vi filipin, vad kan man mer begära? Eller hur, fru Dörr?"

"Det förstår sig", svarade denna, "vad kan man mer begära?" Och därpå lossade hon hattbandet och lät hatten snurra runt, som om det var den hon hade med sig när hon gick till marknaden.

Under tiden hann solen gå ned bakom kyrktornet i Wilmersdorf. Lene föreslog, att de skulle bryta upp och anträda återfärden: det höll på att bli kyligt, på hemvägen kunde man leka tafatt, och Lene var säker på att Botho inte skulle kunna fånga henne.

"Ja, det återstår allt att se."

Och nu började man jaga och snappa efter varandra, men Lene lyckades faktiskt undgå att bli fast, tills hon efter ett tag var så slut av alla skratt och alla undanmanövrer, att hon måste ta skydd bakom den imposanta fru Dörr.

"Nu har jag nått fram till mitt träd", skrattade hon, "här är det tabu." Och så höll hon fast vid fru Dörrs livstycke och flyttade den goda kvinnan än till höger, än till vänster, så finurligt att hon lyckades dölja sig bakom henne ett bra tag. Men så kom henne Botho helt nära, fick ett grepp om henne och gav henne en kyss.

"Det är mot reglerna; det där har vi inte kommit överens om." Men trots sitt ogillande hängde hon sig kvar vid hans arm, och hon försökte härma en gardesofficers råa stämma genom att kommendera "Avdelning, framåt marsch!", och hon njöt av de glada små tillropen från den goda fru Dörr, som ville att leken aldrig skulle ta slut.

"Kan man tro sina ögon?" frågade denna. "Nej, det kan man inte. Och ändå är det så varje gång, precis likadant. När jag sedan tänker på mig själv. Det är rent otroligt. Han gjorde ju samma sak han också."

"Vad menar hon med det?" frågade Botho tyst.

"Åh, hon tänker på hur det var… Men du vet ju… Jag har ju redan tala om det för dig."

"Ack, är det *det. Honom.* Men då kan det väl inte ha varit så stort fel på honom."

"Säg det. Kanske är de alla av samma sort."

"Tror du det?"

"Nej." Och i detsamma skakade hon på huvudet, och i hennes ögon låg det någonting av både vekhet och sinnesrörelse. Men hon ville inte, att den stämningen skulle få ta överhanden, och därför var hon kvick med att säga: "Kan vi inte sjunga nåt, fru Dörr. Vi sjunger. Men vad?"

"'Morgonrodnad'…"

"Nej, inte den… 'I morgon i denna kalla grav', det är för ledsamt. Nej, vi kan sjunga 'Ett år från nu, ett år från nu' istället, eller ännu hellre 'Kommer du ihåg'."

"Ja, *den* är bra, *den* är vacker. Den är min absoluta favorit."

Och alla tre sjöng de nu fru Dörrs älsklingssång, som de hade gjort så många gånger förut: "Jag kommer ihåg… för dig vill jag tacka livet". Sången fortsatte att höras ut över nejden, när de närmade sig trädgårdsmästeriet, och ekot svarade från andra sidan vägen, där det stod skjul och vagnslider.

Dörrskan var överlycklig. Men Lene och Botho hade blivit allvarsamma.

TIONDE KAPITLET

DET HADE REDAN börjat skymma, när man stod utanför fru Nimptschs bostad, och Botho, som hade återfått sitt glada sätt och kommit på gott humör igen, tänkte bara titta in ett ögonblick och sedan ta farväl. Men när Lene påminde honom om vad han hade lovat och fru Dörr med tonläge och ögonrörelser anspelade på den filipin som ännu återstod, gav han med sig och beslöt sig för att bli kvar där under hela kvällen.

"Rätt så", sade Dörrskan. "Och jag stannar jag med. Det vill säga, om jag får och inte stör er i er filipin. För man kan aldrig veta. Jag ska bara gå iväg med hatten och kappan. Sen är jag strax tillbaka."

"Det är klart att ni ska komma tillbaka", sade Botho och sträckte fram handen. "Så unga kommer vi inte att vara när vi ses igen. "

"Givetvis inte", skrattade fru Dörr. "Så unga kommer vi då inte att vara. Även om vi skulle mötas redan i morgon. För var dag som går blir vi bara äldre. Så därför stämmer det bra att vi inte kommer att vara lika unga när vi ses igen. Det är nåt man måste finna sig i."

I den stilen fortsatte det, och det faktum att man blir äldre för var dag som går bestreds av ingen, och detta föll henne på läppen så till den grad, att hon måste upprepa det sagda flera gånger om. Först därefter avlägsnade hon sig. Lene följde henne till tamburen, medan Botho å sin sida satte sig bredvid fru Nimptsch och frågade henne, medan han hängde upp sjalen som hade fallit ned på hennes axlar igen, om hon var arg på honom för att han hade enleverat Lene från henne under ytterligare några timmar. Men det hade varit så vackert därute, och när de satt där på komposthögen, där de hade pustat ut och pratat med varandra, så hade de alldeles glömt bort tiden.

"Ja, när man är lycklig, då glömmer man tiden", sade den gamla. "Unga människor är lyckliga, det är bara rätt och riktigt. Men när man blir gammal, käre herr baron, då går timmarna långsamt, och man önskar bara att dagen ska ta slut och livet också."

"Säg inte så, mor lilla. Ung eller gammal, alla älskar väl att leva. Eller hur, Lene, alla älskar vi väl att leva?"

Just då kom Lene in från tamburen, och som om dessa hans ord gick henne direkt till sinnes, kastade hon sig emot honom, lade armarna om hans hals, kysste honom och visade en lidelsefullhet, som man inte var van att se hos henne.

"Lene, vad är det med dig?"

Men strax hade hon samlat sig och värjde sig med en gest mot hans iver, som ville hon säga: "Fråga ingenting." Och så gick hon bort till köksskänken, medan Botho fortsatte att prata med fru Nimptsch, hon rotade omkring lite, och inom kort var hon tillbaka med ett ansikte som strålade. I handen höll hon en bok i blått karamellpapper av ett slag som husmödrar brukar använda för att föra upp sina dagliga utgifter i. Det var också till detta som den här tunna boken användes men också till saker som Lene sysselsatte sig med, antingen av nyfikenhet eller ibland också av ett djupare intresse. Nu slog hon upp boken och pekade på sista sidan, där Bothos blick direkt drogs till en rubrik, som var understruken med ett tjockt streck: *Vad alla måste känna till.*

"För tusan, Lene, det låter ju som en smärre traktat eller som titeln på ett lustspel."

"Det kanske det också är. Läs vidare."

Och han läste: "Vilka var de två damerna på korson? Är det den äldre eller den yngre? Vem är Pitt? Vem är Serge? Vem är Gaston?"

Botho skrattade. "Om jag ska svara på allt det där, Lene, så måste jag stanna till i morgon bitti."

Det var verkligen tur att fru Dörr inte kunde höra detta, eljest hade hon ställt till med ett nytt uppträde. Men den annars så rappa väninnan, rapp åtminstone när det handlade om Botho, hade ännu inte kommit tillbaka, och Lene sade: "Gott och väl, jag bryr mig inte om det. För min del kan vi tala om de två damerna vid ett annat tillfälle! Men vad betyder de där utländska namnen? Jag frågade dig, redan när du kom med påsen. Men det du sade var inget riktigt svar, eller bara ett halvt svar. Är det en hemlighet?"

"Nej."

"Men säg det då."

"Visst, Lene. De där namnen är bara smeknamn."

"Jag vet. Det har du redan sagt."

"… Alltså namn som vi har lagt oss till med för att de ska vara lätta att använda, med eller utan associationer."

"Och vad betyder till exempel Pitt?"

"Det var en engelsk statsman."

"Och är din vän det också?"

"För Guds skull…"

"Och Serge?"

"Ett ryskt förnamn, som en helig man och flera storfurstar har burit."

"Som inte behöver ha varit särskilt heliga, eller hur? Och Gaston?"

"Ett franskt namn."

"Det minns jag. När jag var yngre, och ännu inte konfirmerad, såg jag en pjäs som hette 'Mannen med järnmasken'. Och han med masken, han hette Gaston. Och jag grät floder."

"Men nu får du lov att skratta, för det är jag som är Gaston."

"Nej, jag skrattar inte. Du bär också en mask."

Botho ville försäkra henne om motsatsen, till hälften på skämt, till hälften på allvar, men fru Dörr kom just innanför dörren och avbröt samtalet, med en ursäkt om att hon hade låtit vänta på sig. Men det hade just kommit en beställning, och de var tvungna att göra i ordning en krans till en begravning.

"Stor eller liten?" frågade Nimptschkan, som tyckte om att tala om begravningar och var passionerat intresserat av att höra talas om allt som hängde samman därmed.

"Tja", sade Dörrskan, "av mellanstorlek. Småfolk. Azaleor och murgröna."

"Jösses", fortfor fru Nimptsch, "alla går in för azaleor och murgröna nuförtiden, men inte jag. Murgröna är i sin ordning, när den växer på graven och lägger sig som en tjock skyddande väv över den som vilar i jorden under graven. Men murgröna i en krans, det blir fel. På min tid, då tog man immorteller, gula eller blekgula, och när det skulle vara nånting extra, då tog vi röda eller vita som vi gjorde kransar av eller bara en enda som vi hängde över korset, och där hängde den sen hela vintern, och när våren kom, då hängde den där fortfarande. Och en del hängde där ännu längre. Men med azalea och murgröna går det ju inte. Varför inte? Därför att de inte håller sig. Och jag har alltid sagt att ju längre en krans hänger där uppe, desto längre tänker man på den som ligger där nere. Och det gäller även änkor, om de inte är alltför unga. Och det är därför jag är för immorteller, gula eller röda eller vita också, och vem som helst kan ju hänga sin krans där om han vill. Bara för att det ska synas. Men då måste det vara immorteller."

"Mor", sade Lene, "du talar bara om gravar och kransar."

"Barn lilla, varav hjärtat är fullt talar munnen. Gäller det nån som ska gifta sig, så talar man om hur bröllopet ska gå till, och gäller det nån som ska begravas, så talar man om hur begravningen ska gå till. Och det var inte jag som började tala om det där med gravar och kransar, det var fru Dörr, och det kan man inte ha nånting att invända emot. Och att jag talar om det här, beror på att jag alltid frågar mig själv: vem kommer att lägga en krans på min grav?"

"Men mor..."

"Ja, Lene, du är det finaste jag har. Men människan spår, Gud rår, idag röd, i morgon död. Och du kan dö precis som jag, för Herren ger och Herren tar, även om jag inte tror att det ska bli så. Och fru Dörr kan dö hon också, och när jag dör, kanske hon bor nån annanstans, eller jag bor nån annanstans eller har just flyttat in där. Ack, kära lilla Lene, man går aldrig säker, aldrig nånstans, och inte kan man heller vara säker på att få en krans på sin grav."

"Men det, mor Nimptsch", sade Botho, "det kan ni väl ändå vara säker på."

"Nå ja, herr baron, man kan alltid hoppas."

"Och om jag så befinner mig i Petersburg eller i Paris och får reda på att min kära gamla fru Nimptsch har avlidit, då sänder jag en krans, och om jag är i Berlin eller häromkring, då kommer jag med den själv."

Gummans ansikte lyste upp. "Herr baron, jag tar er på orden. För nu får jag i alla fall en krans på min grav, och det gör mig gott. Jag kan inte med de där nakna gravarna, det ser ur som kyrkogårdar för barnhemsbarn eller för straffångar eller ännu värre. Men ge oss nu lite te, Lene, vattnet står redan och bubblar, och grädde och jordgubbar finns det också. Och fil med. För Guds skull, stackars herr baronen måste ju vara rent utsvulten. Det vet jag nog, att man blir hungrig när man bara står och ser på. Vi var alla unga en gång, fru Dörr, även om det var ett tag sen. Men människan är och förblir densamma."

Fru Nimptsch var riktigt i tagen och fortsatte att filosofera en stund till, under det att Lene dukade upp kvällsmålet och Botho pratade med fru Dörr. Tack och lov att hon hade lagt undan sin flotta huvudbonad, mera lämpad för Kroll eller teatern än för komposthögarna i Wilmersdorf. Var hade hon fått tag på den? Inte ens prinsessor såg man i sådana hattar. Någonting så elegant hade han då aldrig varit med om; han talade inte för egen del, men en prins hade kunnat förgapa sig i den.

Visst förstod denna goda människa att han skämtade med henne, när han sade så. Hon dristade sig ändå att svara: "Ja, när Dörr sätter den sidan till, kan han vara så skarp och stilig, att jag ibland undrar var han får allting ifrån. Till vardags är han inte mycket att komma med, men så plötsligt blir han som förbytt och är en helt annan människa, och jag säger alltid: det är i alla fall nånting speciellt med honom, men han har bara så svårt att visa det."

Så satt de och språkade med varandra och drack sitt te fram till dess klockan gick på tio. Då bröt Botho upp, och Lene och fru Dörr följde honom genom gården mot gatan fram till grinden. När de stod där, kom Dörrskan att tänka på att de ändå hade glömt bort filipinen. Botho tycktes inte vilja låtsas om denna antydan och framhöll istället, vilken fantastisk eftermiddag de hade haft tillsammans. "Det borde vi göra oftare, Lene, och jag ska fundera ut ett ställe, dit vi kan gå när jag kommer hit nästa gång. Jag kommer säkert på nån vacker plats, där vi kan få vara i fred, nåt mera avlägset än de här fälten."

"Och då tar vi med oss fru Dörr igen", sade Lene, "eller ber henne bli med. Eller hur, Botho?"

"Givetvis, Lene. Fru Dörr måste alltid vara med. Utan henne går det inte."

"Men, herr baron, det kan jag verkligen inte gå med, det kan jag absolut inte begära."

"Kära fru Dörr, det förstår ni väl", skrattade Botho. "En kvinna som ni kan begära allt."

Och därmed tog man adjö.

ELFTE KAPITLET

UTFLYKTEN, SOM MAN efter promenaden i Wilmersdorf hade kommit överens om eller åtminstone planerat för, blev nu under några veckor framöver ett favoritsamtalsämne, och varje gång Botho kom över, frågade man sig vart. Alla tänkbara platser togs under övervägande: Erkner och Kranichberge, Schwielow och Baumgartenbrück, men där hade de alla redan varit, och till slut föreslog Botho Hankels Ablage, vars skönhet och avskildhet han hade hört talas så mycket om. Lene förklarade sig helt med på detta. Det viktigaste för henne var att komma ut i Guds fria natur, så långt som möjligt från storstadens strid och larm, tillsammans med den man hon älskade. Vart spelade mindre roll.

Det bestämdes att utflykten skulle äga rum nästa fredag. "Det tummar vi på." Och så reste de med Görlitztåget samma eftermiddag ut till Hankels Ablage, där de tänkte ta nattkvarter och tillbringa nästa dag i lugn och ro.

Tåget hade blott ett fåtal vagnar, men också dessa var glest besatta, och därför kunde Botho och Lene få en kupé för sig själva. I grannkupén fördes en högljudd konversation, varav framgick att passagerarna där skulle resa vidare och inte gå av vid Hankels Ablage.

Lene var lycklig, hon gav Botho sin hand och under tystnad såg hon ut över skogs- och hedlandskapet. Långt om länge sade hon: "Men vad ska fru Dörr säga, när vi har lämnat henne hemma?"

"Det behöver hon inte alls få reda på."

"Mor kommer inte att kunna hålla tyst."

"Ja, det blir tråkigt, men det går inte på annat sätt. Du förstår, när vi var ute på fälten för några veckor sedan, då gick det bra, då fick vi vara alldeles ostörda. Men även om vi får vara alldeles för oss själva i Hankels Ablage, så finns där i alla fall en krögare och hans hustru och kanske också kypare från Berlin. Och såna där kypare, som går omkring och ler, åtminstone för sig själva, såna står jag bara inte ut med, de är riktiga glädjedödare. Fru Dörr är obetalbar, när hon sitter tillsammans med din mor eller försöker uppfostra gamle Dörr, men inte ute bland folk. Där är hon bara en löjlig figur som man får skämmas för."

*

Strax före fem stannade tåget vid skogsbrynet... Som väntat var Botho och Lene de enda som steg av, och de båda gick nu i sakta mak och gjorde flera pauser på väg till ett värdshus, beläget strax intill Spree, på ungefär tio minuters gångavstånd från den lilla stationsbyggnaden.

Detta "etablissemang", som det kallade sig självt på en vägvisare som stod på sniskan, hade från början varit en simpel fiskarstuga. Först efter hand hade denna omvandlats till ett värdshus, genom tillbyggnader snarare än ombyggnader; men den utsikt man hade därifrån ut över floden uppvägde alla brister i övrigt, och det enastående rykte som platsen åtnjöt bland alla invigda kunde inte för en sekund anses vara överdrivet. Också Lene kände sig omedelbart hemmastadd och slog sig ned i en verandaliknande förstuga, som var inredd i trä och som till hälften skyldes av lövverket från en gammal alm mitt emellan huset och flodstranden.

"Här stannar vi", sade hon. "Titta bara på de där båtarna, två, tre stycken... men det är ju en hel flotta utmed floden. Ja, det var en lycklig idé som förde oss hit. Se hur de springer fram och tillbaka på pråmen där borta och tar spjärn med årorna. Och ändå är här så lugnt. Åh, min egen Botho, så vackert här är, och som jag älskar dig."

Botho blev glad av att se Lene så lycklig. Det var som om hennes normala karaktärsdrag, en beslutsamhet som gränsade till kärvhet, hade fått ge vika för en ömhet som man sällan såg hos henne, och denna förändring tycktes göra henne så otroligt gott.

Efter en stund kom värden, som fått "etablissemanget" i arv efter far och farfar, för att fråga vad herrskapet önskade, framförallt om de tänkte stanna över natten, och när de sagt att de hade för avsikt att göra det, ville han att de skulle bestämma sig för ett rum. Det stod flera till buds, bäst var förmodligen rummet på gaveln. Där var visserligen lågt i tak, men annars var det stort och rymligt, och därifrån hade man utsikt över Spree bort mot Müggelberge.

Sedan de hade gått med på hans förslag, gick värdshusvärden för att ställa allt i ordning, och Botho och Lene fick återigen en stund för sig själva. De njöt av ensamheten i fulla drag. På en av almgrenarna som sänkte sig mot marken gungade en fink som hade sitt rede i någon närbelägen buske, svalor flaxade fram och tillbaka, och till slut kom en sothöna med en kull ungar förbi verandan och struttade med högburet huvud i riktning mot en brygga, som gick sig långt ut i floden. Mitt på bryggan stannade hönan upp, medan ungarna kastade sig i vattnet och sam vidare.

Lene betraktade allt detta under hänförelse. "Titta, Botho, så vattnet strömmar runt pålarna." Men egentligen var det varken bryggan eller vattenströmmarna som fängslade henne utan de två båtarna som låg fastkedjade längst där framme. Hon kastade längtande blickar på dem och kom med frågor och antydningar, och det var först när hon märkte att Botho slog dövörat till och inte ville förstå som hon började tala klarspråk och förklara att hon ville ut på vattnet.

"Kvinnor är oförbätterliga. Oförbätterliga i sitt lättsinne. Tänk på den där annandag påsk: Det var på håret..."

"... att jag hade drunknat. Men det var bara det ena. Det andra är att jag sen blev bekant med en förtjusande herre vars namn du kanske minns. Han hette Botho... Jag hoppas att du inte ser annandag påsk som en olycksdag. Då är jag artigare och galantare än du."

"Visst, visst… Men kan du verkligen ro, Lene?"

"Visst kan jag det. Och jag kan också styra och sätta segel. Bara för att jag höll på att drunkna, tror du inte att jag klarar av det. Men det var pojkens fel, och vem som helst kan faktiskt drunkna."

Därmed lämnade hon verandan och gick ut på bryggan bort mot de bägge båtarna. Seglen var revade, men högst uppe i masterna vajade vimplar där deras namn var broderade.

"Vilken tar vi?" frågade Botho, "Forellen eller Hoppet?"

"Forellen förstås. För oss finns det väl inget hopp?"

Botho hörde att Lene sade detta med avsikt, för att retas, ty även om hon kände sig omsvärmad, så förnekade sig inte hennes berlinska fallenhet för spetsfundigheter. Men han förlät henne allt, teg och hjälpte henne att gå ombord. Sedan hoppade han själv i. När han precis skulle göra loss båten, kom värden med jacka och pläd, för han visste att den skulle bli kallt när solen gick ned. De tackade honom båda, och inom kort var de mitt ute i floden, som hade smalnat av genom öar och landtungor och kunde vara på sin höjd något hundratal meter bred. Lene tog bara då och då ett tag med årorna, men det räckte för att de strax skulle komma fram till en äng, som var bevuxen med ett högt gräs och samtidigt tjänade som båtvarv. Alldeles i närheten höll man på att bygga en flatbottnad flodbåt och täta och tjära gamla som hade sprungit läck.

"Dit måste vi!" ropade Lene jublande och drog Botho med sig till båtvarvet. Men innan de hade kommit så långt, hade timmermannen lagt ifrån sig hammaren, och ljudet från en ringklocka började höras, som förkunnade att arbetet var slut för dagen. Något hundratal steg från varvet slog de in på en stig, som gick snett över ängen bort mot ett skogsparti med tallar. De röda stammarna glödde starkt i skenet från den nedåtgående solen, och över trädkronorna låg en blåaktig dimma.

"Jag skulle vilja plocka dig en vacker bukett", sade Botho och tog Lene i handen. "Men du ser, här växer det bara gräs och inga blommor på ängen. Inte en enda."

"Jodå. De finns i massor. Du har för stora anspråk, därför ser du inga."

"Och har jag det, så är det för din skull."

"Nej, inga undanflykter. Du ska få se att jag hittar."

Och hon böjde sig ned, letade till höger och vänster och sade: "Titta, här är en… och där… och där också. Det finns fler blommor här än i Dörrs trädgård. Men det gäller att ha öga för dem." Och hon plockade så kvickt och med en sådan finess, och samtidigt fick hon med sig en mängd ogräs och vallväxter, att hon snart stod med händerna fulla av både ädelt och oädelt.

Under tiden hade de kommit fram till en fiskarstuga, som hade stått övergiven i tid och evighet, och framför den, på en sandbank översållad med tallkottar (ty skogen tog vid alldeles där bakom), låg det en uppochnedvänd roddbåt.

"Den kommer väl till pass", sade Botho. "Vi sätter oss ned här. Du måste vara trött. Få se vad du har plockat. Jag tror inte att du själv vet vad det är för nånting, och jag måste ta på mig mina botanistglasögon. Ge mig dem. Det där är ranunkel, och det där är fibbla, många kallar den falsk förgätmigej. Falsk, du hörde väl. Och den där med de tandade bladen, det är taraxacum, vår kära gamla maskros, som fransoserna gör sallad på. Inte mig emot. Men det är skillnad på en sallad och en bukett."

"Får jag tillbaka dem", sade Lene med ett skratt. "Du har inget öga för såna här saker. Du lägger inte nån kärlek i dem, och ögat och kärleken är ett och detsamma. Först ville du frånkänna ängen alla dess blommor, nu när vi har dem här, vill du inte se dem som några riktiga blommor. Men visst är det blommor, vackra är de också. Ska vi slå vad om att jag kan göra nånting riktigt fint av dem?"

"Nu blir jag nyfiken på vilka du ska ta."

"Bara sådana som du själv går med på. Och nu börjar vi. Här är en förgätmigej, men ingen fibbla, ingen falsk förgätmigej vill säga, utan en äkta. Eller hur?"

"Ja."

"Och här är en ärenpris, en fin liten blomma. Den kan du väl accep-
tera? Nu bryr jag mig inte om att fråga först. Den här stora rödbruna,
det är djävulsvädd, och den är till bara för dig. Ja, skratta du. Och det
här", och hon böjde sig ned efter ett par gula små blommor, som växte
på sandremsan alldeles framför henne, "det är immorteller."

"Immorteller", sade Botho. "Det är ju gamla fru Nimptsch' passion.
Dem tar vi förstås, *de* får inte saknas. Och bind nu samman den lilla
buketten"

"Javisst. Men med vad? Vi låter det vara, tills vi hittar lite säv."

"Nej, så länge väntar vi inte. Och säv passar inte heller, tycker jag,
det är för tjockt och grovt. Vi borde ha nåt finare. Vet du, Lene, du har
så långt vackert hår. Ryck ut ett hårstrå och fläta buketten med det."

"Nej", sade hon tvärt.

"Nej? Varför inte? Varför vill du inte?"

"Ordspråket säger: 'Hår binder.' Och om jag binder det runt buket-
ten, så binder jag också dig."

"Men det där är vidskepelse. Det är sånt som fru Dörr kommer
dragandes med.

"Nej, det är min gamla mor som säger det. Och det hon har sagt
till mig sen unga år, även om det har verkat vidskepligt, det har också
slagit in."

"Gärna för mig. Jag ska inte bråka. Men jag vill inte att vi binder
buketten med nåt annat än ett hår från dig. Och du kan väl inte vara så
envis, att du inte går med på det."

Hon såg på honom, drog ett hårstrå från hjässan och virade det
runt buketten. Sedan sade hon: "Det var du som ville det. Här, ta den.
Nu är du bunden."

Han försökte få till ett skratt, men han var inte oberörd av hennes
allvarliga sätt att resonera och uttala de sista orden.

"Det blir svalt nu", sade han efter en stund. "Värden hade rätt som
gav dig jackan och pläden. Låt oss gå härifrån."

Och så tog de sig tillbaka till båten och skyndade sig sedan att komma över floden till den andra sidan.

Först nu, under återfärden, när de för varje årtag närmade sig värdshuset, blev de varse hur måleriskt det låg. Som en hög grotesk mössa, så satt vasstaket på den låga korsvirkesbyggnaden, vars fyra små fönster åt framsidan just lystes upp. Och i samma ögonblick sattes ett par stormlyktor fram på verandan, och genom den gamla almens lövverk, som i dunklet påminde om ett fantastiskt fyrverkeri, flödade ljus från olika källor ut över floden.

Ingen av dem sade ett ord. Men de försjönk båda i sin lycka och frågade sig själva, hur länge denna lycka skulle få lov att vara.

TOLFTE KAPITLET

DET VAR MÖRKT när de kom i land.

"Vi slår oss ned vid det här bordet", sade Botho när de var tillbaka på verandan. "Här blåser det inte. Vill du att jag tar in en grogg eller en vintoddy? Det syns att du fryser."

Han kom med flera andra förslag, men Lene bad att få gå till rummet; kom han efteråt, skulle hon vara på bättre humör. Hon kände sig bara lite utmattad; allt skulle bli bra, bara hon fick vila litet.

Hon gick upp på gavelrummet, som under tiden hade gjorts i ordning, i sällskap med värdinnan som hade fått saker och ting om bakfoten och genast ställde en nyfiken fråga om vad som var på tok och, utan att invänta svar, fortsatte direkt med att hon visste nog hur det stod till med unga kvinnor, och innan hennes äldste föddes (nu hade hon fått fyra, eller egentligen fem, men den mellersta hade fötts för tidigt och blev inte gammal), då hade hon känt detsamma själv. Det kom så plötsligt på, och man trodde man skulle dö. Men med en kopp te på citronmeliss, alltså klostermeliss, gick det snabbt över, och sedan var man som fisken i vattnet igen, och man kände sig upprymd och upplivad och på smekhumör. "Ja, ja, nådig frun, när man väl har fyra omkring sig plus den lilla ängeln..."

Endast med möda kunde Lene hålla tillbaka hur illa berörd hon blev, och för att i alla fall ha någonting att säga bad hon om lite te på citronmeliss, klostermeliss, som hon sade att hon hade hört talas om.

Medan de pratade med varandra där uppe i rummet på gaveln, hade Botho slagit sig ned men inte på den vindskyddade verandan

75

utan mitt framför den, vid ett primitivt spelbräde som var fastsatt på fyra stolpar och varifrån man hade en utmärkt utsikt. Här tänkte han inta sitt kvällsmål. Han beställde fisk, sutare med dill, och när han hade blivit serverad denna rätt, som värdshuset sedan länge hade varit berömt för, kom värden för att fråga vilket vin som önskades av herr baronen – en titel han valde på vinst och förlust.

"Jag skulle tro", sade Botho, "att till en så här delikat sutare passar en Brauneberger eller ännu hellre en Rüdesheimer, och som bevis för att det är ett gott vin som ni bjuder på måste ni sitta ned här och bli min gäst."

Värden bugade sig med ett leende och kom strax tillbaka med en dammig flaska, medan servitrisen, en vacker vendiska med kjol av vadmal och svart huvudduk, bar fram glasen på en bricka.

"Låt oss nu se", sade Botho. "Flaskan lovar verkligen gott. För mycket damm och spindelväv är alltid misstänkt, men i det här fallet... Superbt! Årgång från sjuttiotalet, eller hur? Nu skålar vi! Men för vad? För Hankel Ablage – dess välgång!"

Värden blev uppenbarligen förtjust, och Botho, som var klar över vilket gott intryck han hade gjort, fortsatte därför i samma lättsamma och älskvärda ton som var så typisk för honom: "Jag tycker att det här är ett underbart ställe, och det har bara en sak som talar emot det: namnet."

"Föralldel", sade värdshusvärden bekräftande, "namnet lämnar mycket övrigt att önska, och egentligen är det en nackdel för oss. Ändå stämmer det med verkligheten, för Hankels Ablage var faktiskt ett upplag, och det är därför det fortfarande heter så."

"Gott. Men det för oss inte vidare. Varför heter det Ablage? Vad är ett upplag?"

"Ja, vi kan väl också säga: ett ställe för lastning och lossning. Hela landskapet häromkring", och han pekade bakåt, "var nämligen i flydda tider ett stort kungligt dominium, och under gamle Fritz och redan under soldatkungen kallades godset Wusterhausen. Det räknade väl trettio byar med skog och hedmark. Men de där trettio byarna, de producerade förstås en hel del och behövde också skaffa sig förnödenheter, det vill säga det bedrevs export och import, och därför hade de redan från början behov av en hamn- eller stapelplats, och frågan gällde bara var de skulle ha den. Då bestämde de sig för *den där* bukten. Den blev hamn, stapelplats, 'upplag' för allt som kom hit och som fraktades härifrån, och eftersom fiskaren som bodde här på den tiden – en anfader till mig för övrigt – hette Hankel, så blev det Hankels Ablage."

"Synd bara", sade Botho, "att inte alla kan få en så fyllig och trevlig förklaring", och värden, som blev upptänd av dessa ord, skulle just till att fortsätta. Men innan han kom sig för, hörde man ett fåglaläte högt i skyn, och när Botho vände sin nyfikna blick uppåt, urskilde han med viss svårighet två stora fåglar, som svävade i halvdunklet över vattnet.

"Var det vildgäss?"

"Nej, hägrar. Alla marker härikring är rika på häger. De passar utmärkt för jakt, vi har vildsvin och dovhjort i massor, och i vassruggarna här finns det änder, snäppor och beckasiner."

"Förtjusande", sade Botho som kände av sina jägarinstinkter. "Vad jag avundas er. Vad spelar namnet för roll? Änder, snäppor, beckasiner. Man får en sådan lust att ha det på det här viset. Men det måste också vara ensamt här, väldigt ensamt."

Värdshusvärden log för sig själv, och det undgick inte Botho, som frågade nyfiket: "Ni ler. Men stämmer det inte då? Det går en halvtimme och man hör inte annat än vattnet som skvalpar under bryggan, och så plötsligt skriet från hägern där uppe. Det kallar jag ensamhet, om också en skön sådan. Då och då drar ett par stora Spreebarkar förbi, men alla är de likadana eller ser åtminstone likadana ut. Egentligen är de spökskepp. Det är alldeles dödstyst."

"Förvisso", sade värden. "Men bara så länge det varar."

"Hur menar ni?"

"Jo", upprepade hans samtalspartner, "så länge det nu varar. Ni talar om ensamhet, herr baron. Det kan gå dagar i sträck när det är riktigt ensamt här. Det kan gå veckor. Men knappt har isen gått upp och våren anlänt, så kommer besökarna från Berlin."

"När då?"

"Otroligt tidigt. 'När det är oculi, då kommer de.' Ni förstår, herr baron, jag är en ganska väderbiten person, och ändå föredrar jag inomhusvärmen – där slipper jag den kalla östanvinden och marssolen som sticker en i ögonen – men då sitter berlinaren redan där ute i det fria, lägger sommarrocken över stolsryggen och beställer en Weisse. Det räcker med att solen skiner, så talar berlinaren om det vackra vädret, och han bryr sig inte om att han kan få lunginflammation eller difteri av vinddraget. Han leker med sina tunnband, en del går också in för boccia, och när de sen far tillbaka hem, uppsvällda i ansiktet av den stekande solen, då gör det mig ibland ont om dem, för det finns inte en enda av dem som inte kommer att få sin hud i flagor inom en dag eller två."

Botho skrattade. "Ja, dessa berlinare! Det kommer mig att tänka på att det måste vara i de här krokarna av Spree som roddare och seglare kommer samman och håller sina regattor."

"Förvisso", sade värden. "Men det vill inte säga så mycket. Det kommer femtio eller kanske hundra, och det är ju en del. Men så lägrar sig tystnaden igen, och under veckor och månader är det ingen mer vattensport att tala om. Nej, de där människorna i sina båtklubbar, de gör inte mycket väsen av sig, dem kan man stå ut med. Men sen i juni, när ångbåtarna kommer, då blir det värre. Och så håller det på sommaren igenom och en bra bit därefter."

"Det kan jag förstå", sade Botho.

"Och varje kväll kommer det ett telegram: 'I morgon förmiddag klockan nio ankomst Spree-ångaren Alsen. Dagsutflykt. Två hundra fyrtio personer.' Och så namnen på dem som har arrangerat det hela. Enstaka gånger går väl an. Men i längden blir det påfrestande. För hur går en sån där dagsutflykt till? Fram till skymningen är de ute i skogen och på ängarna, men sen kommer kvällsmaten, och så dansar de till klockan elva. Nu kan ni invända att det där inte är så farligt, och det skulle det inte vara heller, om vi hade stängt nästa dag. Men dag två är som dag ett och dag tre som dag två. Varje kväll klockan elva lägger en ångare med två hundra fyrtio personer ut, och nästa morgon klockan nio ligger där en ny ångare med lika många personer. Under tiden måste allt röjas upp och ställas i ordning. Och så går hela natten åt till att vädra och feja och skura, och när det sista dörrvredet äntligen är putsat, ja då anländer ett nytt fartyg. Naturligtvis för det också nånting gott med sig, och när man räknar kassan mitt i natten, då vet man att ingen ansträngning har varit förgäves. 'Av inget kommer inget', som ordspråket lyder och det stämmer bra det, och om jag skulle slå upp vinbålar till alla, så skulle jag behöva skaffa mig ett riktigt Heidelbergerfat. Visst är det lukrativt, och man ska inte klaga. Men det man tjänar på gungorna, det förlorar man på karusellen. Man betalar med det bästa man har, med liv och hälsa. För vad är livet värt, om man inte får en blund i ögonen?"

"Jag förstår", sade Botho. "Ingen lycka är fullkomlig. Men sen kommer vintern, och då får ni sova som en stock."

"Ja, om det inte var nyårsafton och trettondag och karneval. De kommer oftare än vad som står i kalendern. Och då skulle ni se vilket liv det är här. Folk kommer från tio byar med släde och på skridsko och samlas i stora salen, en tillbyggnad som jag har gjort. Där ser man inga storstadsansikten, berlinarna lämnar en i fred då, men gårdsdrängen och lagårdspigan, det är deras tid som är kommen. Man ser mössor i utterskinn och manchesterjackor med spännbucklor i silver. Soldater på permission blandar sig i leken: det kan vara dragoner från Swedt, ulaner från Fürstenwald, till och med husarer från Potsdam. Och alla är avundsjuka på varandra och stridslystna, och inte vet man vad de tycker bäst om, dansa eller ställa till med krakel, och vid minsta anledning ställs byarna mot varandra och levererar sina bataljer. Så där väsnas och larmar de nätterna igenom, hela pannkaksberg försvinner, och först på morgonkulan bär det av hemåt igen på snön eller över den frusna floden."

"Nu begriper jag", sade Botho, "att det var fel att tala om ensamhet och dödstystnad. Tur bara att jag inte visste nånting om det här från början, annars hade jag väl inte vågat mig hit. Och jag skulle ha sörjt över att inte ha fått besöka en så vacker fläck på jorden... Men som ni sade: 'Vad är livet värt om man inte får sova?' Och jag känner att ni har rätt. Jag är trött trots den tidiga timman. Det är luften och vattnet, skulle jag tro. Och sen måste jag också gå och se efter... Er kära hustru har bemödat sig så... God natt, herr källarmästare. Jag har suttit här alldeles för länge och pratat."

Och så reste han sig och gick in i huset, där det nu rådde tystnad.

Lene hade lagt sig på sängen med fötterna tvärs över stolen som ställts fram och druckit en kopp av teet som värdinnan hade kommit med. Stillheten och värmen gjorde henne gott, anfallet gick över och efter en stund hade hon kunnat gå ned till verandan igen och delta i samtalet som Botho och värdshusvärden förde med varandra. Men hon var inte på prathumör, och hon steg upp ur sängen bara för att se sig om i rummet, som hon tidigare inte hade ägnat en tanke.

Och nog lönade det sig. Man hade låtit bevara bjälklagen och de slammade väggarna från äldre tider, och det vitmenade taket hängde så lågt, att hon kunde nå det med fingret. Men man hade också gjort allehanda förbättringar. Istället för de små glasskivorna som fanns kvar på bottenvåningen hade man här uppe satt in ett stort fönster, som räckte nästan ända ned till golvet och – precis som värdshus-värden hade förutskickat – erbjöd en hänförande vy över ett sceneri av skog och vatten. Det stora panoramafönstret var emellertid inte det enda som den moderna komfortabla tiden hade kommit med. Där fanns också ett par fina tavlor, antagligen inropade på någon auktion, som hade satts upp på de ojämna slammade väggarna, och precis där den utbyggda fönstergaveln och det lutande taket mötte varandra vid början av det egentliga rummet, var ett par eleganta toalettbord uppställda mitt emot varandra. Allt visade klart och tydligt att man hade gått in för att bevara det gamla härbärget för fiskare och skeppare, samtidigt som det hade omvandlats till ett attraktivt etablissemang för välbeställda medlemmar i seglar- och roddarklubbarna.

För Lene ingav det hon såg en verklig hemkänsla. Hon började först studera de båda tavlorna, där de hängde i sina breda ramar till höger och till vänster ovanför sängstolparna. Det var kopparstick med motiv som eggade hennes fantasi, och hon hade gärna velat veta vad bildtexterna betydde. "Washington crossing the Delaware" stod det under det ena, "The last hour at Trafalgar" under det andra. Men hon kunde inte mer än stava sig fram, och trots att det inte betydde något i sak, gjorde det henne vemodig, eftersom hon blev medveten om den klyfta som skilde henne från Botho. Han raljerade visserligen över lärdom och bildning, men hon var klok nog att inse vad denna inställning stod för.

Strax intill dörren som ledde in till rummet, ovanför ett rokokobord med vattenkaraff och rödfärgade glas, hängde en färglagd litografi med en bildtext på tre språk: "Si jeunesse savait" – en bild som hon mindes sig ha sett i familjen Dörrs våning. Dörr gillade sådana saker. När hon nu såg den på nytt, blev hon förstämd. Genom sin fina sensibilitet förnam hon den otukt som utgick från motivet och som förvrängde hennes egna känslor, och därför gick hon fram till det stora fönstret och öppnade det på vid gavel för att få in nattluft och bli kvitt detta intryck. Det var verkligen uppfriskande! Hon satte sig på fönsterbrädet, bara ett par handsbredder över golvet, slog vänsterarmen runt fönsterposten och lyssnade efter ljud från verandan som inte låg så förfärligt långt bort. Men hon hörde ingenting. En djup tystnad rådde. Bara den gamla almen vajade och rasslade, och allt som nyss hade gjort henne förstämd försvann, när hon lät sig bedåras av utsikten som hon hade framför sig. Vattnet flöt stilla, skogen och ängen låg i kvällsskymning, nymånen som just visade sin tunna skära kastade ett ljussken över floden och speglade sig i de små dallrande vågrörelserna.

"Så underbart!" sade Lene med en djup suck. "Och visst är jag lycklig", tillade hon.

Hon ville inte skiljas från utsikten. Men till slut reste hon sig, satte en stol framför spegeln och började lösa upp sitt vackra hår och sedan fläta det igen. Medan hon höll på med det kom Botho.

"Lene, ännu uppe? Jag trodde att jag måste väcka dig med en kyss."

"För tidigt även om du kommer sent."

Hon reste och gick fram till honom. "Min egen Botho. Så länge du dröjde..:"

"Och febern? Din matthet?"

"Det är över, sen en halvtimme. Jag har återhämtat mig. Hela den tiden har jag väntat att du skulle komma." Hon drog honom med sig till det ännu vidöppna fönstret. "Titta bara! När en stackars människa ser nånting sånt kan hon inte låta bli att längta."

Och hon smög sig tätt intill honom och såg på honom med ett exalterat uttryck.

TRETTONDE KAPITLET

BÅDA TVÅ VAR tidigt uppe, och solen kämpade ännu med morgondimman, när de gick ned för trappan för att få sin frukost. Vinden var svag, en morgonbris av det slag som sjöfolk sällan låter bli att utnyttja, och medan vårt unga par trädde ut i det fria, gled en hel flotta av Spreebarkar förbi dem.

Lene hade fortfarande på sig sin morgonrock. Hon tog Botho under armen och släntrade tillsammans med honom längs stranden, tills de nådde en plats där vassen och säven växte högt. Han såg ömt på henne: "Lene, så här har jag aldrig sett dig förr. Hur ska jag uttrycka mig? Jag finner inget annat ord: du ser lycklig ut."

Så var det. Hon var lycklig, ogrumlat lycklig, och såg världen i ett rosigt skimmer. Hon gick bredvid världens bäste, underbaraste man, och detta var ett dyrbart ögonblick.

Räckte inte det? Och om detta ögonblick också skulle vara det sista, så fick det vara så. Var hon inte avundsvärd som hade fått uppleva ett sådant dygn? Om det sedan bara blev detta enda.

Med ens förflyktigades alla de sorger och bekymmer, som hon tidigare hade hade måst släpa på, och allt hon kände nu var stolthet, glädje och tacksamhet. Men hon teg; hon var vidskeplig och ville inte prata sönder sin lycka, och endast genom att hon darrade lätt på armen kunde Botho uppfatta, att hans ord – "du ser lycklig ut" – hade träffat henne i hennes innersta.

Värdshusvärden kom och frågade artigt, men inte utan en viss förlägenhet, hur natten hade varit.

"Förträfflig", sade Botho. "Melissteet, som er fru tillredde, gjorde underverk, och månskäran, som sken in genom vårt fönster, och näktergalarna som sjöng så tyst – så tyst att man nätt och jämnt kunde höra dem – ja, hur skulle det kunna bli annat än en paradissömn? Vi får hoppas att ingen ångare med två hundra fyrtio gäster har anmält sin ankomst till eftermiddagen. Det vore som att fördrivas ur paradiset. Ni ler och tänker: 'Vem vet?', och kanske har jag målat fan på väggen med det jag just sade. Men ännu syns den inte till, ännu ser jag varken skorsten eller rökslingor, än är Spree alldeles klar, och även om hela Berlin skulle vara på väg, så kan vi i alla fall äta vår frukost i lugn och ro. Eller hur? Men var?"

"Herrskapet bestämmer."

"Då tror jag vi säger under almen. Hallen är bra men bara när solen steker. Det gör den ju inte nu, den har fortfarande fullt sjå med dimman där borta."

Värden gick för att ställa i ordning frukost; men det unga paret fortsatte sin promenad, till dess de kom till en landtunga på denna sidan floden, varifrån de kunde urskilja de röda taken i en grannby och till höger om den det spetsiga kyrktornet i Königs Wusterhausen. Där landtungan slutade, låg en ilandfluten pilstam. På den satte de sig och tittade på ett fiskarepar, man och hustru, som höll på med att skära ned all vass där runtomkring och kastade stora buntar ned i sin pråm. Det var en vacker bild, som de njöt av, och när de återvände, hade frukosten just dukats upp för dem, en engelsk snarare än en tysk: kaffe och te med ägg och kött samt en silverfärgad hållare med snittar av rostat vitt bröd.

"Åh, se här, Lene! Här måste vi äta frukost oftare. Vad tycker du? Himmelskt. Och se bara där borta vid varvet, där tjärar de redan och arbetar på i rask takt. Sannerligen, såna där taktslag under arbetets gång, kan man få höra en skönare musik?"

Lene nickade men lyssnade bara till hälften, ty hennes uppmärksamhet riktades återigen mot båtbryggan, och den upptogs visserligen inte av några förtöjda farkoster, som dagen innan hade väckt hennes hänförelse, utan av en söt tjänsteflicka som satt på huk mitt på brädläggningen med en disk av kopparkärl från köket. Med en arbetslust, som utstrålade välbehag och som kom till uttryck i varenda liten armrörelse, skrubbade hon kannorna, grytorna och kastrullerna, och när hon var färdig med det, sköljde hon de renskrubbade kärlen i det porlande vattnet. För var gång lyfte hon sedan upp dem i luften, så att de gnistrade i solskenet för en kort stund, och lade sedan ned dem i en korg som hon hade med sig.

Lene var helt betagen av det hon såg.

"Titta!" Hon pekade på den näpna varelsen, som inte tycktes kunna få nog av sitt arbete.

"Vet du, Botho, det är ingen slump att hon knäböjer. Hon gör det för mig, och jag känner så tydligt, att det är ett tecken och en ödets försyn."

"Men vad är det med dig, Lene? Du är helt förändrad och har plötsligt blivit så blek."

"Det är ingenting."

"Ingenting? Det flimrar för ögonen på dig, som om du skulle ha närmare till gråten än till skrattet. Det kan inte vara första gången som du har sett såna där kopparkärl eller en köksa som diskar dem. Det är ju nästan som om du är avundsjuk på den där flickan, som står på sina knän och arbetar för tre."

Nu kom värdshusvärden och avbröt deras samtal, och Lene återvann fattningen och strax också sitt goda humör. Sedan gick hon upp för att klä om sig.

När hon kom tillbaka, fick hon klart för sig att Botho utan reservationer hade gått med på ett program som föreslagits av värdshusvärden: en segelbåt skulle ta det unga paret till närmaste by, Nieder-Löhme, naturskönt belägen vid den vendiska Spreefloden, och därifrån skulle de gå till fots till Königs Wusterhausen, besöka parken och slottet och återvända samma väg. Det skulle bli en halvdagsutflykt.

Eftermiddagen kunde de sedan göra vad de ville med.

Lene var med på noterna. Det bars ned ett par filtar åt dem i en båt som snabbt hade ställts till deras förfogande. Men just då hördes från trädgården röster och höga skratt, vilket tydde på att det hade kommit besök och att de inte skulle få vara i fred.

"Åh, seglare och folk från roddarklubben", sade Botho. "För Guds skull, Lene, dem måste vi undvika att träffa. Skynda dig!"

Och de satte båda två av för att så snabbt som möjligt komma ned i båten. Men innan de hade nått fram till landgången, fann de sig omringade och infångade. Det var kamrater, dessutom de mest närstående: Pitt, Serge, Balafré. Alla tre med damer.

"Åh, les beaux ésprits se rencontrent", sade Balafré med en överdriven uppsluppenhet, som i det samma mildrades när han fann sig iakttagen av värden och värdinnan som stod på tröskeln till huset. "Vilket lyckligt sammanträffande på den här platsen. Tillåt mig presentera våra damer, Gaston: drottning Isabeau, fröken Johanna, fröken Margot."

Botho förstod vad som gällde, och han fann sig strax genom att peka på Lene med en lätt handrörelse: "Mademoiselle Agnès Sorel."

Alla de tre herrarna bugade sig artigt, rentav respektfullt som det verkade, medan Thibauts båda döttrar bara gjorde en kort knyck på nacken och överlät åt den åtminstone femton år äldre drottning Isabeau att hälsa mera hjärtligt på Agnès Sorel, som varken var bekant med eller tycktes känna sig särskilt väl till mods med dem.

Alltsammans var ett intrång, kanske ett planlagt sådant; men ju mer sannolikt det senare verkade, desto viktigare var det att hålla god min i elakt spel. Och det lyckades Botho briljant med. Han kom med den ena frågan efter den andra och fick reda på att man tidigt på dagen hade tagit en mindre Spreeångare till Schmöckwitz och därifrån en segelbåt till Zeuthen. Från Zeuthen hade man gått till fots, knappt tjugo minuter, en förtjusande promenad, med alla de ålderstigna träden, ängarna och de röda hustaken.

Medan de nyanlända, och särskilt den yppiga drottning Isabeau, som dock utmärkte sig nästan mer för sin talförhet än för sin yppighet, berättade om färden hit, gav sig hela sällskapet otvunget iväg mot verandan och slog sig ned vid ett av långborden där.

"Fullkomligt förtrollande", sade Serge. "Landskapet här, det är så vitt, så fritt, så öppet, ändå så diskret. Ängarna där borta är som gjorda för en månskenspromenad."

"Ja, månskenspromenad", fyllde Balafré i. "Härligt, verkligen härligt. Men klockan är bara tio, och det är ännu tolv timmar dit. Får jag föreslå en tur på vattnet."

"Inte det", sade Isabeau. "Det där har vi haft mer än nog av. Först ångbåten, sen segelbåten och så en båt till. Det blir bara för mycket. Det röstar jag bestämt emot. Jag förstår inte varför vi ska behöva simma runt där ute i vattnet hela tiden, och sen vill ni att vi ska meta och dra upp de där fula fiskarna med våra bara händer och tycka det är roligt. Nej, inte ut i vattnet igen, om jag får be."

Det var herrarna hon riktade sig till, och de hade riktigt roligt åt drottningmoderns ståndaktighet och kom genast med andra förslag, som emellertid också avvisades. Isabeau förkastade allt som föreslogs, och när man till slut började bemöta hennes provocerande uppträdande med en blandning av löje och allvar, äskade hon tystnad. "Mina herrar", sade hon. "Hör på mig. Kan jag få ordet för en sekund." Detta följdes av ett ironiskt bifall, för ditintills var det enbart hon som hade fört ordet. Det bekymrade henne inte det minsta, utan hon gick på: "Mina herrar, jag vet nog vad ni är ute efter. När man gör en utflykt till landet, vad vill man då? Man vill ha picknick och spela hasard. Har jag inte rätt?"

"Isabeau har alltid rätt", skrattade Balafré och klappade henne på axeln. "Låt oss ta ett parti. Platsen kunde inte vara bättre, och det är svårt att tro annat än att alla kommer att vinna. Och damerna kan ta sig en spatsertur under tiden eller kanske en förmiddagstupplur. Det kommer att göra er gott. Halvannan timme borde räcka. Klockan tolv

87

ses vi igen. Drottningen bestämmer menyn. Ja, min drottning, livet är ändå härligt. Visserligen ur Don Carlos. Men måste allt komma från Jungfrun?"

Detta vann allmän anklang, och de båda unga damerna fnissade, även om de inte hade förstått stort mer än själva orden. Isabeau däremot, som från tidiga år hade vant sig vid sådana antydningar och små spydigheter, behöll sin värdighet och sade, vänd mot de tre andra damerna: "Mina damer, om jag får be: vi har nu blivit entledigade och får ett par timmar för oss själva. Inte det sämsta."

Så bröt de upp och gick bort mot huset, där drottningen steg in i köket och i vänliga men något överlägsna ordalag ville kalla till sig värden. Denne fanns inte där, och den unga hustrun sade, att hon skulle hämta honom från trädgården. Isabeau ville inte höra på det örat: "Jag går själv dit." Och det gjorde hon också, rätt ut i trädgården med sin kortege på tre kvinnor (Balafré fällde en kommentar om hönan med sina kycklingar) och stötte på värdshusvärden som var upptagen med att anlägga nya sparrissängar. Strax intill låg ett gammaldags växthus, med mycket låga väggar och stora sluttande fönster, och på dess något söndervittrande murverk satte sig Lene tillsammans med Tibault d'Arc-döttrarna, under det att Isabeau skötte förhandlingarna.

"Vi kommer, herr källarmästare, för att tala med er om lunchen. Vad har ni att erbjuda?"

"Allt vad herrskapet befaller."

"Allt? Det låter mycket, nästan i mesta laget. Men i så fall röstar jag för ål. Men inte en sån utan en sån." Och hon pekade från ringen på fingret till ett armband som smet åt om handleden.

"Jag är ledsen, mina damer", svarade värdshusvärden. "Ål har vi inte. Inte fisk överhuvudtaget. Därmed kan jag inte stå till tjänst, annat än i undantagsfall. Igår hade vi sutare med dill, men den kom från Berlin. Om jag ska ha fisk, måste jag skaffa den från fiskmarknaden i Kölln."

"Så synd. Annars hade vi kunnat ta en med oss. Vad finns det för övrigt?"

"Rådjurssadel."

"Hm, det låter höra sig. Och grönsaker som förrätt. Det är väl för sent, eller nästan för sent, för sparris. Men jag ser att ni har bönor som fortfarande är prima. Och här i drivbänken kan vi väl hitta en del annat också, ett par gurkor och lite sallad. Och sen efterrätt. Nånting med vispgrädde. Jag är inte mycket för det själv, men herrarna vill alltid ha, även om de säger att de helst avstår. Alltså en tre fyra rätter, det tror jag blir bra. Med ost och bröd."

"Och när vill herrskapet sätta sig till bords?"

"Snart, skulle jag säga, eller åtminstone så snart som möjligt. Inte sant? Vi är hungriga, och rådjurssadeln behöver väl inte mer än en halvtimme i ugnen. Ska vi säga klockan tolv. Och en bål om jag får be: en flaska Rhenskt, tre Mosel, tre champagne. Men inga dåliga märken. Det kommer att löna sig, tro mig. Jag känner skillnaden på en Moët och en Mumm. Ni vet hur det ska vara, jag litar på er. Men på tal om ingenting, kan man inte komma direkt ut i skogen här ifrån trädgården? Jag hatar att ta ett steg i onödan. Kanske hittar vi champinjoner där. Det vore ljuvligt. Dem kan vi ha till rådjuret: champinjoner är aldrig fel."

Till bekräftelse på att de kunde ta den bekvämare vägen ut från trädgården följde han damerna till grinden, där skogen nästan omedelbart tog vid. De behövde bara passera en landsväg, så var de inne i trädskuggan, och Isabeau, som led svårt under den tilltagande värmen, prisade sig lycklig över att ha sluppit ta den relativt långa omvägen över gräsmattan som inte var trädbevuxen. Hon fällde upp sitt eleganta parasoll, som visserligen var försett med en flottfläck, hängde den vid midjan och tog Lene i armen med de andra damerna i släptåg. Isabeau verkade vara på sitt allra bästa humör. Hon vände sig till Margot och Johanna med orden: "Nog måste vi ha ett mål för vår vandring. Skog och åter skog, det är rätt hemskt. Eller vad säger ni, Johanna?"

Johanna var den större av de bägge d'Arc-flickorna, mycket vacker, tämligen blek, med en raffinerad enkelhet i sitt sätt att klä sig. Serge höll noga på detta. Hennes handskar satt perfekt, och man hade verkligen kunnat ta henne för en dam, om hon inte under Isabeaus samtal med värdshusvärden hade använt tänderna för att knäppa till knappen på handsken som hade gått upp. "Vad anser ni, Johanna?" upprepade drottningen sin fråga.

"Men då föreslår jag att vi går tillbaka till byn som vi kom ifrån. Jag vill minnas att den hette Zeuthen, och den så såg romantisk och melankolisk ut, och vägen hit var så fin. Och att gå i andra riktningen måste vara lika fint, eller ännu finare. Och på högra sidan, det vill säga på vänstra sidan härifrån sett, låg en kyrkogård med en massa kors. Och ett stort ett i marmor."

"Ja, min vän, det är allt gott och väl, men vad ska vi där att göra? Vi har ju redan varit där. Eller är det kyrkogården som ni…?"

"Ja, faktiskt. Jag får mina känslor, särskilt en sån här dag. Det är aldrig fel att påminnas om sin dödlighet. Och nu när syrenen står i blom…"

"Men, Johanna, syrenen är ju redan överblommad. Möjligen blommar gullregnet än, men det har nog redan fått sina skidor. Herre jösses, om ni till varje pris vill se en kyrkogård, så finns det ju varje dag den där på Oranienstrasse. Men jag vet att man inte kan resonera med er. Zeuthen och kyrkogården, vad är det för dumheter? Då är det bättre att vi blir kvar här och inte bryr oss om att se nånting alls. Kom, lilla vän, och låt mig ta er arm igen."

Det var Lene som var den lilla vännen, och hon var inte alls särskilt liten, men hon lydde. Drottningen tog åter täten och fortsatte i förtroliga ordalag: "Men den där Johanna, man kan egentligen inte ta med henne nånstans; hon har inget vidare rykte och är dum som en gås. Kära barn, ni vet inte vad man får vara med om nuförtiden. Nå ja, hon har ju en fin figur, och hon håller på sina handskar. Men det är nånting annat som hon skulle hålla på istället. Och ser ni, de som är på det viset, de talar alltid om döden och om kyrkogårdar. Ni skulle se henne efter ett tag! Det går så länge det går. Men när bålen kommer och töms och det tas fram en ny bål, då skrålar och skränar hon. Hon har ingen aning om vad som passar sig. Men hur skulle hon kunna ha det? Hon höll ju alltid till med enkelt folk, längs den där vägen ut mot Tegel, där man inte ser en enda hederlig människa utan bara artillerister. Och artillerister... Tja... Ni anar inte vad det kan vara för ena. Och nu har Serge tagit henne under sitt beskydd och vill göra nånting av henne. Ja, Herre min skapare, det är inte det lättaste och går inte i brådrasket – alla ting hava sin tid. Men titta, där har vi ju jordgubbar. Det är väl ändå bedåriska! Kom nu, lilla vän, så plockar vi några (om det inte var för att man måste böja sig så förbaskat), och om vi hittar en riktigt stor en, så tar vi den med oss. Då sticker jag in den i hans mun, och det gör honom gott. Han är som ett barn, vet ni, men han är också den bäste."

Lene förstod att hon syftade på Balafré, och hon ställde några frågor och återupprepade sin undran om varför männen bar så konstiga namn. Hon hade inte fått något svar, när hon ställde frågan förra gången.

"Jesus", sade drottningen, "nånting betyder det ju, men ingen vet vad, det är bara ett manér. Inget att bry sig om. Om nån skulle göra det, så spelar det absolut ingen roll. Och varför skulle det göra det? Vem skulle komma till skada? Ingen har nåt att förebrå sig, och en ann är så god som en ann."

Lene stirrade rakt ut i luften och teg.

"Och allvarligt talat, barn lilla, det kommer ni också att inse, så är det hela bara så långtråkigt. Ett tag går det väl an, och jag säger ingenting om det, och inte är jag den som svär sig fri från det. Men i längden blir det olidligt. Man är femton år gammal och inte ens konfirmerad. Ju fortare man kommer ifrån det dess bättre. Jag behöver ju pengarna och köper mig en spritbutik, och jag vet precis var, och så gifter jag mig med en änkling, och jag vet precis vem. Och han vill samma sak som jag. För det ska jag säga er, att jag står för ordning och anständighet, och att uppfostra barn ordentligt, och om det är hans eller mina, det spelar absolut ingen roll... Och hur har ni det egentligen?"

Lene sade inte ett ord.

"För Guds skull, barn, ni bleknar ju. Men det har väl inte satt sig här" – och hon pekade på hjärtat – "och ni gör väl inte allt av kärlek? Ja, barn lilla, *då* är det illa, då går det käpprätt åt skogen."

*

Johanna följde med Margot. De höll sig avsiktligt lite i bakgrunden och bröt björkris, som om de tänkte binda en krans. "Vad tycker du om henne?" sade Margot. "Jag menar hon som är med Gaston."

"Vad jag tycker om henne? Jag gillar henne inte alls. Det skulle bara fattas att såna kommer in och blir populära. Titta bara hur handskarna sitter på henne. Och hatten sen. Han skulle faktiskt inte låta henne gå omkring så där. Och hon måste ju vara rätt dum också – hon har ju inte sagt ett ord."

"Nej", sade Margot, "dum är hon inte. Hon har bara inte förstått än hur hon ska få till det. Och visst är det ganska klokt av henne att så snabbt ty sig till vår lilla tjockis."

"Vår lilla tjockis. Nej du, kom inte med henne! Hon tror att hon är nåt. Men hon är inte värd en spottstyver. Jag vill inte säga vad nån har sagt om henne, men falsk är hon, falsk som vatten."

"Nej, Johanna, det kan man verkligen inte säga. Och hon har hjälpt dig ur knipan mer än en gång. Du vet vad jag menar."

"Ja, men varför? Därför att hon satt där själv och därför att hon alltid gör sig till och gör sig märkvärdig. Feta kan man aldrig tycka om."

"För Guds skull, Johanna, så du pratar. Tvärtom: feta kan man visst tycka om."

"Låt gå för det då. Men du kan väl inte förneka att hon gör ett löjligt intryck. Se där som hon vankar, som en övergödd anka. Och alltid fullsminkad, för att annars kan hon inte visa sig bland anständiga människor. Och du Margot, försök inte att inbilla mig att en slank figur inte är det som gäller. Vi är väl ändå inga turkar. Och varför ville hon inte gå till kyrkogården? För att hon är skraj? Det skulle jag inte tro om henne. Nej, det är för att hon har för mycket kläder på sig igen och inte står ut med värmen. Och ändå är det inte så där kolossalt varmt idag."

*

Så där gick de och pratade med varandra, tills de båda paren kom tillsammans igen och satte sig på en mossig dikesren.

Isabeau tittade ofta på klockan, men visaren hade svårt att röra sig ur fläcken.

Men när klockan var tolv sade hon: "Nu, mina damer, nu är det dags. Jag tror att vi har haft nog av naturen och med gott samvete kan övergå till nånting annat. Sen klockan sju har vi inte fått nånting i magen. För skinkmackan vid Grünau kan ju inte räknas… Men Gud vare tack och lov, som Balafré säger: den som nöjer sig med smulor blir rikligen belönad, och hungern den är bästa kryddan. Kom nu, mina damer, rådjurssadeln är färdig, och ingenting går upp emot den. Eller hur, Johanna?"

Johanna ryckte bara på axlarna och försökte motstå frestelsen, som om bålen och rådjurssadeln inte betydde det minsta för henne.

Isabeau skrattade. "Nu får vi se, Johanna. Kyrkogården i Zeuthen hade varit bättre förstås, men man tager vad man haver."

Och så begav de sig alla iväg från skogen till trädgården, där ett par gyllenskogssångare höll på att snappa efter varandra, och därifrån till framsidan av huset, där måltiden skulle intas.

När de gick igenom lokalen, fick Isabeau syn på värden som just hällde upp en flaska Moselvin.

"Så tråkigt", sade hon, "att jag måste bli vittne till detta. Ödet hade kunnat bespara mig det. Varför i Herrans namn Mosel?"

FJORTONDE KAPITLET

TROTS ALLA ISABEAUS ansträngningar hade det inte infunnit sig någon riktig stämning efter promenaden. Värre, för Botho och Lene åtminstone, var att stämningen uteblev också sedan de hade tagit adjö av kamraterna och deras damer och satt i en kupé för sig själva under återfärden. En timme senare anlände de, ganska nedstämda, till en sparsamt upplyst Görlitzer Bahnhof, och när de klev ur, hade Lene genast och med ett visst eftertryck bett att få ta sig hem på egen hand genom staden. Det var bäst så, eftersom de båda var trötta och ur gängorna, menade hon. Men Botho kunde inte avstå från vad han ansåg vara sin skyldighet som kavaljer, och så hade de satt sig tillsammans i en skraltig gammal droska, som tog dem hela långa vägen längs kanalen, och under tiden försökt att inleda ett samtal om utflykten och hur underbar den hade varit – en förfärlig tvångskonversation, som fick Botho att alltför väl inse, hur rätt Lene hade haft när hon i närmast besvärjande ordalag hade undanbett sig hans sällskap. Ja, utflykten till Hankels Ablage, som man hade väntat sig så mycket av och som verkligen hade börjat så fint och lyckosamt, hade slutat i en blandning av förstämning, trötthet och dåligt humör, och först i sista stund, när han hade sagt "Godnatt, Lene" så kärleksfullt han kunde, och inte utan en viss skuldmedvetenhet, hade hon rusat mot till honom, gripit om hans hand och kysst honom häftigt och lidelsefullt: "Det blev inte som vi hade tänkt oss idag, men ingen av oss kan inte klandra nån … Inte de andra heller."

"Sluta, Lene."

"Nej, nej. Det var ingens fel. Det är ett faktum, och vi kan inte ändra på det. Men det är det som är det värsta. Om man är skyldig, ber man om ursäkt, och så är allt ur världen. Men nu tjänar det ingenting till. Och det finns heller ingenting att be om ursäkt för."

"Lene…"

"Nu måste du höra på mig ett tag. Åh, min egen Botho, du försöker lura mig, men det närmar sig slutet nu. Och fort går det, jag vet."

"Så du talar."

"Jag erkänner att det var en dröm", fortsatte Lene. "Varför drömde jag? Därför att jag hade allt detta inombords dagarna i ända. Det var hjärtat som ingav mig drömmen. Och det jag också vill säga dig, Botho, och det som gjorde att jag sprang tillbaka till dig, det är att allt det jag sade till dig igår ikväll, det gäller fortfarande. Det jag har upplevt den här sommaren, det är en lycka som ingen kan ta ifrån mig, även om jag kommer att bli olycklig nu och för all framtid."

"Lene, Lene, du får inte säga så…"

"Du inser själv att jag har rätt. Det är bara ditt goda sinnelag som vägrar att acceptera det och som inte vill erkänna det. Men jag vet nog. Igår när vi gick över fältet och pratade med varandra och jag plockade den där buketten åt dig, det var vår sista lyckliga stund tillsammans, vår sista glädje."

*

Därmed var den dagen till ända, och nästa morgon föll solens strålar åter in i Bothos rum och lyste upp det. Båda fönstren stod vidöppna, och i kastanjeträden utanför kvittrade gråsparvarna. Botho låg tillbakalutad i gungstolen och rökte sin sjöskumspipa, och då och då slog han med sin näsduk, som han hade liggande bredvid sig, mot en stor spyfluga som for ut genom det ena fönstret och strax var tillbaka genom det andra och sedan surrade runt Botho envist och obevekligt.

"Om de bara lät mig vara i fred! Jag har god lust att plåga de där gemena odjuren till döds. Spyflugorna är ena riktiga olyckskorpar, och så förbannat efterhängsna, som om de skulle finna ett särskilt nöje i allt det jäkelskap som de ställer till med och triumferar med." Åter försökte han att komma åt den. "Nu försvann den igen. Nej, det lönar sig inte. Bara att ge upp, kapitulera. Turkarna är de klokaste av alla."

Medan han satt i dessa tankar, hörde han gallergrinden därute slå igen, och då han tittade ned på gården mot gatan, fick han syn på brevbäraren som hälsade nästan militäriskt: "God morgon, herr baron!" Först överräckte han en tidning och sedan ett brev genom det relativt låga fönstret på bottenvåningen. Botho lade tidningen åt sidan och betraktade brevet som bar tydliga spår av hans moders handstil, med små, tättskrivna men mycket tydliga bokstäver.

"Kunde just tänka mig det… Jag vet vad det står, utan att behöva läsa. Stackars Lene."

Och så bröt han kuvertet. Där stod:

"Zehdens slott, den 29 juni 1875

Min käre Botho. Den farhåga, som jag omnämnde i mitt senaste brev, har nu blivit verklighet: Rothmüller i Arnswalde har sagt upp sitt pantbrev per den förste oktober och endast 'för gammal vänskaps skull' sagt, att han kan utsträcka det till nyår, för att jag inte ska råka i förlägenhet: han visste vad han var skyldig salig herr baronens minne. Den anmärkningen, även om den inte var illa menad, träffar mig två gånger om: den innehåller alldeles för mycket medkänsla, som man betackar sig för när den kommer från det hållet. Du förstår kanske hur nedslagen och sorgsen jag blev av dessa rader. Onkel Kurt Adam kommer att hjälpa, liksom vid tidigare tillfällen; han tycker mycket om mig och särskilt Dig, men att jämt och ständigt ta hans bevågenhet i anspråk tynger mig, desto mer som han lägger hela skulden för vårt eviga trångmål på hela vår familj, och särskilt på oss bägge. Trots att jag redligen gör vad jag kan för att ekonomin ska gå ihop, anser han mig inte tillräckligt ekonomisk och sparsam, vilket han kanske kan ha rätt i, och Dig anser han sakna levnadsvisdom och praktiskt sinnelag, vilket nog också är en träffande anmärkning. Ja, Botho, så ligger det till. Min bror är en man med stark rättskänsla och gott omdöme, och i penningangelägenheter visar han en verkligt storslagen gentilezza, vilket man inte kan säga om särskilt många adelsmän. Ty vårt gamla goda Mark Brandenburg är en sparsamhetsprovins och, när det gäller att komma till undsättning, den mest ängsliga av dem alla. Men hur gentil han än är, så kan han vara nyckfull och egensinnig, och efter att han har stått ut med det under så lång tid, har det nu gjort honom allvarligt bekymrad. Han sade mig när jag för kort tid sedan åter fick anledning att föra en stundande uppsägning av våra lån på tal: 'Jag gör dig gärna tjänster, kära syster, det vet du, men jag säger dig rätt ut: att alltid behöva hjälpa, när man varje gång hade kunnat rädda sig själv, med lite större insikt och något mindre egensinnighet, det ställer orimliga krav på den sida av min personlighet som aldrig har varit min starkaste: min eftergivenhet...' Du vet, Botho, vad dessa ord syftar på, och jag vill att Du ska ta dem till Ditt hjärta, precis som onkel Kurt Anton då ville att jag skulle göra. Det finns ingenting, Botho, att döma av vad Du har sagt och skrivit, som Du skyr mer än sentimentalitet, och ändå är jag rädd för att Du har gått ned Dig i detta, och det djupare än Du vill erkänna för Dig själv eller kanske inser. Jag säger inget mer."

Rienäcker lade brevet åt sidan och gick fram och tillbaka i rummet, medan han till hälften mekaniskt bytte ut sin pipa mot en cigarrett. Därefter tog han upp brevet igen och läste vidare:

"Ja, Botho, Du håller hela vår framtid i Dina händer och måste bestämma Dig för om denna känsla av att ständigt befinna sig i beroende ska fortsätta eller om den ska få ett slut. Du har det i Dina händer, säger jag, men jag måste tillägga: bara tills vidare, i vart fall inte så länge till. Också det har onkel Kurt Anton talat med mig om, särskilt med hänsyn till Mama von Sellenthin, som – när hon besökte Rothenmoor senast – engagerade sig i denna sak inte bara med stor bestämdhet utan också med en viss anstrykning av irritation: Om huset Rienäcker kanske går och inbillar sig att en egendom blir värdefullare genom att ständigt förminskas, som de sibyllinska böckerna (var hon sedan fick den jämförelsen ifrån)! Käthe blir snart tjugotvå, har alla goda maner man kan önska sig, och genom släktskapet med sin tant av familjen Kielmannsegg förfogar hon över en förmögenhet, av vilken bara räntorna är nästan lika stora som värdet av den Rienäckerska godsmassan jämte sjön med muränorna. En sådan ung dam låter man verkligen inte hålla på halster, åtminstone inte så ståndaktigt och så totalt oberört. Om herr von Rienäcker skulle vända ryggen åt allt det som familjen tidigare har planerat i denna sak och uppfatta ingångna avtal som en ren bagatell, så gärna för henne. Herr von Rieneäcker blir fri, när han så önskar. Men om han tvärtom har i sinnet att inte göra bruk av denna obetingade rätt att dra sig ur, så är det på tiden att han visar det. Hon önskar inte att hennes dotter ska bli föremål för andra människors giftiga tungor.

Tonen i detta besked måste få Dig att komma till ett beslut och skrida till handling. Du vet vad jag önskar. Men min önskan får inte vara bestämmande för Dig. Handla efter Ditt eget förstånd. Bestäm Dig för det ena eller det andra, men handla! Att dra sig ur är hedersammare än att skjuta upp i det oändliga. Tövar Du längre, förlorar vi inte bara bruden utan också hela huset Sellenthin och vad värre är, ja, det allra värsta, även Din onkels vilja att finnas till hands och komma till mötes. Du är i mina tankar, må de också följa Dig. Jag upprepar, det vore vägen till Din och allas vår lycka. Jag förblir den som alltid kommer att älska Dig, Din moder Josephine von R."

När Botho hade läst detta, kände han sig uppriven. Det var som det stod i brevet, och det gick inte att skjuta på saken längre. Den Rienäckerska förmögenheten var illa ute, och han kände att han själv saknade både energi och mental styrka för att parera den prekära situationen. "Vem är jag? En genomsnittsmänniska från de så kallade högre samhällsklasserna. Och vad kan jag? Jag kan rykta en häst, tranchera en kapun och spela hasard. Det är allt, och så har jag att välja mellan att bli konstryttare, hovmästare eller croupier. Eller på sin höjd troupier, om jag skulle gå in i en främlingslegion. Och med Lene som regementets dotter. Jag ser henne redan framför mig i kort rock, högklackade stövlar och en kagge på ryggen."

Han fortsatte i samma sinnesstämning och gjorde sig svåra förebråelser. Till slut ringde han och befallde fram sin häst, eftersom han ville ta en ridtur. Och inom kort stod därute ett ståtligt fuxsto, en gåva från onkeln och samtidigt någonting som kamraterna avundades honom. Han satt upp i sadeln, gav kalfaktorn några order, satte av mot Moabiter Brücke, och när han var på andra sidan, slog han in på en bred väg som över kärr och äng tog honom bort till Jungfernheide. Här lät han hästen övergå från skritt till trav, och efter att ha följt den ena oklara tankegången efter den andra rannsakade han sig ut och in. "Vad är det som hindrar mig från att ta det steg som hela världen väntar sig av mig? Kommer jag att gifta mig med Lene? Nej. Har jag lovat henne det? Nej. Väntar hon sig det? Nej. Eller blir vår skilsmässa lättare om jag drar ut på den? Nej och åter nej. Och ändå drar jag ut på saken och tvekar att göra det enda som jag under alla omständigheter måste göra. Och varför drar jag ut på saken? Vadan denna tvekan, detta uppskjutande? Idiotisk fråga. Därför att jag älskar henne."

Monologen avbröts av kanonmuller från skjutfältet i Tegel, och först sedan han lugnat ned sin häst som blivit skärrad av ljudet, tog han upp tanketråden igen. "Därför att jag älskar henne! Ja. Och varför skulle jag skämmas för denna böjelse? Känslan står över allt annat, och kärleken följer sina egna lagar, hur mycket än världen skakar på huvudet och kallar det ett mysterium. Det är inget mysterium, och om så vore så kan jag lösa det mysteriet. I varje människas natur är nedlagt ett antal ideal, de kanske inte är så storslagna, men hur obetydliga de än är, så är de livsviktiga för just henne eller åtminstone det bästa hon kan tänka sig att få. Och det bästa jag kan få är enkelhet, sanning, naturlighet. Allt detta äger Lene, det är det som drar mig till henne, det är det som gör det så svårt att bryta med henne."

I samma ögonblick hajade hästen till, och han fick syn på en hare som dök fram ur en av åkerrenarna och rusade mitt framför honom i riktning mot Jungfernheide. Han ville se vart den tog vägen, och först sedan den lilla rymmaren hade försvunnit in bland trädstammarna, återupptog han sina funderingar. "Och var det nånting dumt eller utsiktslöst som jag ville uppnå?" fortsatte han. "Nej. Det ligger inte för mig att utmana hela världen och gå till storms mot alla de fördomar som finns där. Sånt där donquijotteri är mig helt främmande. Allt jag har önskat mig är en stilla lycka, en lycka som jag förr eller senare har trott att man skulle unna mig i utbyte mot att jag inte har satt mig upp emot nån eller skymfat nån. Sån var min dröm, det var detta jag längtade efter och föreställde mig. Och nu ska jag offra den lyckan för nånting som är dess raka motsats. Jag är alldeles likgiltig inför noblessen, och allt som är oäkta, allt konstlat och tillrättalagt, allt som är chict, tournure, savoir-faire står mig upp i halsen – dessa ord är mig lika motbjudande som de är främmande."

Under en kvarts timmes tid hade han knappt hållit hästen i tyglarna, och nu tog den av på egen hand in på en sidoväg, som först ledde till ett stycke uppodlad mark och därefter till en gräsplätt omgiven av en snårskog och några ekar. Här, i skuggan från ett av de äldre träden, fann han ett lågt, kompakt stenkors. Han red fram för att se efter vad där stod och läste: "Ludwig v. Hinckeldey, död 10 mars 1856." Han rös till! Han visste att korset skulle finnas någonstans i de här krokarna men hade aldrig kommit så långt tidigare, och nu såg han det som ett tecken från skyn, att hans häst alldeles planlöst hade fört honom hit.

Hinckeldey! Det hade gått tjugo år sedan den en gång så mäktige mannen hade mött döden, och allt det som budskapet om detta dödsfall hade utlöst i hans eget föräldrahem kom nu med all kraft tillbaka. *En* historia mindes han framförallt. En av presidentens närmaste, en man av borgerlig börd för övrigt, hade varnat och försökt få honom att avstå från duellen som rena vansinnet och som en allmänt brottslig handling, särskilt i ett sådant fall och under rådande omständigheter. Men hans överordnade, som uppfattade detta som ett angrepp på honom som gentleman, hade bryskt och högdraget avvisat honom:

"Nörner, det här begriper ni er inte på." En timme senare var han död. Och varför? En adlig sedvänja, en ståndsmarkör, i strid mot allt förnuft, också i strid mot lagen, som det var hans synnerliga plikt att skydda och upprätthålla. "Lärorikt. Och vad säger detta minnesmärke *mig*? En sak åtminstone: att börden bestämmer vårt handlande. Den som lyder sin bestämmelse kan gå under, men han gör det på ett bättre sätt än den som sätter sig upp mot den."

Medan han upptogs av dessa tankar, gjorde han helt om och styrde tvärs över fälten bort mot en stor anläggning, ett valsverk eller en mekanisk verkstad, vars skorstenar bolmade och släppte ut höga rökpelare. Det var mitt på dagen, och en del arbetare hade slagit sig ned i skuggan för att förtära sin måltid. Kvinnorna, som hade kommit med maten till männen, stod vid sidan om och pratade med varandra, några hade ett spädbarn på armen, och när någon kastade till dem en speglosa eller en ironisk kommentar skrattade de sinsemellan. Rienäcker, som ansåg sig ha en fallenhet för det naturliga, blev alldeles intagen av vad han såg, och med ett spår av avund betraktade han denna skara av lyckliga människor. "Arbete, ordning och det dagliga brödet. När folket här i Mark gifter sig, så talar de inte om kärlek och passion, de säger bara: 'Jag måste få allting i ordning.' Och det är ett vackert drag hos vårt folk och inte ett dugg prosaiskt. För att ha allt i ordning betyder väldigt mycket, och ibland betyder det allt. Och nu frågar jag mig: Har jag bringat *mitt* liv i ordning? Nej. Ordning består av äktenskap." Så fortsatte han sin inre monolog en stund, och sedan såg han åter Lene framför sig, men i hennes ögon fanns ingenting av förebråelse eller anklagelse, utan det var precis tvärtom, som om hon gav honom sitt tysta samtycke.

"Ja, min käraste Lene, du går också in för arbete och ordning och inser hur allt ligger till och gör det inte svårt för mig… men visst är det svårt… för både dig och mig."

Han satte hästen i trav igen och red ett stycke helt nära Spree. När han kom fram till Tälten, som låg i middagsslummer, vek han in på en ridväg som ledde honom förbi Wrangelbrunnen, och strax därpå stod han framför dörren till sitt hus.

FEMTONDE KAPITLET

BOTHO VILLE GENAST bege sig till Lene, och när han kände att han inte kunde uppbåda tillräcklig kraft för detta, tänkte han att han ändå skulle skriva en rad. Men inte heller det klarade han av. "Jag kan inte, inte idag." Och så lät han tiden gå fram till nästa dags morgon. Då skrev han i all korthet:

"Min kära Lene! Nu blir det som Du förutspådde i förrgår: Vi måste skiljas. Och skiljas för alltid. Jag har fått brev hemifrån som tvingar mig till detta steg. Så måste det bli, och eftersom det är en nödvändighet, får det lov att gå snabbt... Å, vad jag skulle vilja att det som nu händer låg bakom oss. Jag säger dig inget mer, inte heller vad jag känner i mitt bröst... Det var en kort och härlig tid, och jag ska inte glömma någonting av det vi har varit med om. Framemot nio kommer jag att vara hos Dig, inte tidigare, för det får inte vara länge. Adjö, och sedan adjö för gott. Din B. v. R."

Och så kom han. Lene stod vid grinden och tog emot honom som hon brukade. Det fanns inte minsta tecken på förebråelse eller smärtsam uppgivenhet i hennes anletsdrag. Hon tog honom under armen, och de gick uppför gången på gården mot gatan.

"Vad bra att du kom... Jag gläder mig åt att du är här. Gör inte du det också det?"

Medan hon sade detta hade de kommit fram till huset. Botho gjorde min av att gå in från farstun i det stora rummet som han brukade. Men Lene drog honom därifrån och sade: "Nej, fru Dörr är därinne..."

"Är hon fortfarande arg på oss?"

"Nej då. Jag har lugnat ned henne. Men vad ska vi med henne idag? Kom, det är en vacker kväll, låt oss vara för oss själva."

Han höll med, och så gick de ut genom farstun och sedan via gårdsplanen bort mot trädgården. Sultan gjorde inget väsen av sig, han bara blinkade åt dem när de gick uppför den stora mittgången och närmade sig bänken mellan hallonbuskarna.

När de var framme där, slog de sig ned. Det var tyst, en syrsas sirpande hördes från fälten, månen lyste över dem.

Hon lutade sig mot honom och sade lugnt och innerligt: "Så det här är sista gången som jag håller din hand i min?"

"Ja, Lene. Kan du förlåta mig?"

"Säg inte så. Vad ska jag förlåta?"

"Att jag har gjort dig illa i själen."

"Visst gör det ont. Så är det."

Och nu teg hon igen och såg upp mot himlavalvets bleka stjärnor.

"Vad tänker du på, Lene?"

"Hur underbart det vore att vara där uppe."

"Säg inte så. Du får inte önska dig bort från livet. Från en sån önskan är steget inte långt…"

Hon log. "Nej, det är ingen fara. Jag är inte som flickan som kastade sig i brunnen för att hennes älskare hade dansat med en annan. Kommer du ihåg att du har berättat om det för mig?"

"Varför dra upp det nu? Du säger ingenting bara för att ha nåt att säga."

"Nej, jag menade faktiskt allvar. Och det är sant." Hon pekade uppåt. "Jag hade gärna varit där. Då hade jag fått ro. Men jag kan vänta… Kom nu, så går vi ut på fälten. Jag har inte tagit med mig min sjal och tycker att det blir kallt att sitta stilla här."

Och så gick de samma väg över fälten som den gången hade lett dem ända till den yttersta bebyggelsen i Wilmersdorf. Tornet var klart synligt under den stjärnklara himlen, och över ängsmarken drog blott en tunn dimslöja.

"Minns du", sade Botho, "hur vi gick här med fru Dörr?"

Hon nickade. "Det var därför jag föreslog det. Jag frös inte eller nästan inte. Ja, det var en vacker dag, och så glad och lycklig har jag inte varit, vare sig förr eller senare. Fortfarande blir jag varm i själen, när jag tänker tillbaka på hur vi gick där och sjöng: 'Kommer du ihåg?' Ja, minnen betyder mycket, de betyder allt. Och dem har jag fått och dem kommer jag att behålla, och ingen kan ta dem ifrån mig. Jag känner riktigt hur glad de gör mig."

Han omfamnade henne. "Så fin du är."

Men Lene fortsatte i samma lugna tonläge: "Men att jag nu känner mig så lätt om hjärtat, det gör samtidigt att jag kan säga dig allt. Egentligen är det samma gamla visa som jag så ofta har sagt dig, senast i förrgår, efter vår halvt misslyckade utflykt, och sen när vi skildes åt. Jag förstod från början vad som skulle hända, och det som har skett måste ske. När man drömmer vackra drömmar får man tacka Gud, men man ska inte klaga när drömmen tar slut och verkligheten gör sig påmind. Just nu är det tungt, men det kommer att glömmas eller åtminstone framstå i en ljusare dager. Och en vacker dag är du lycklig igen och kanske jag också."

"Tror du det? Och om inte?"

"Då får man leva olycklig."

"Men Lene, det låter på dig som om lycka kunde umbäras. Men så är det ju inte, och det smärtar mig, eftersom jag känner det som om jag har gjort dig illa."

"Det frikänner jag dig från. Du har inte gjort mig illa, du har inte fört mig på villovägar och du har inte lovat mig ett dugg. Allt har jag gjort av egen fri vilja. Jag har älskat dig av hjärtat, det var mitt öde, och om vi ska tala om skuld, så var det *min* skuld. Och det är en skuld som jag njuter av i djupet av min själ, det måste jag få dig att förstå, för det var den skulden som gjorde mig lycklig. Måste jag nu betala för den, så gör jag det gärna. Du har inte kränkt mig, inte skadat mig, inte sårat mig, och det enda du har gjort är vad människor kallar anständigt och sedligt. Ska jag gräma mig för det? Nej. Allt ordnar sig förr eller senare, det här också. Kom, låt oss gå tillbaka nu. Dimman tilltar. Jag tror att fru Dörr har gått nu och att min gamla mamma är ensam hemma. Hon känner till allt, och hela dagen har hon bara talat om en enda sak."

"Om vad då?"

"Att allt kommer att bli bra."

*

Fru Nimptsch var verkligen ensam, när Botho och Lene kom in till henne. Allt var tyst och dunkelt; endast glöden från den öppna spisen kastade sitt ljus över de breda skuggor som hade lagt sig tvärs över rummet. Steglitsen sov sedan länge i sin bur, och man hörde inget annat än det väsande ljudet från vatten som kokade över.

"God afton, mor lilla", sade Botho.

Gumman återgäldade hans hälsning och försökte resa sig från sin pall för att ställa fram den stora länstolen. Men Botho hindrade henne och sade: "Nej, mor lilla, jag tar min vanliga plats."

Och så sköt han taburetten mot eldstaden.

En kort paus uppstod. Sedan tog han till orda igen: "Jag kommer idag för att säga farväl och för att tacka er för all den kärlek och välvilja som ni har visat mig så länge. Ja, mor lilla, det kommer rakt ur hjärtat. Jag har tyckt om att vara här, och det har gjort mig lycklig. Men nu måste jag gå vidare, och allt jag kan säga är: det är bäst det som sker."

Den gamla teg och nickade instämmande.

"Men jag kommer inte att gå upp i rök", fortfor Botho, "och jag ska inte glömma er, mor lilla. Får jag ta er hand till avsked? God natt."

Han reste sig snabbt och gick mot dörren, med armen om Lene. Utan ett ord gick de fram till grinden. Men då sade hon: "Låt oss göra processen kort, Botho! Jag orkar inte mer. Det blev för mycket, de här två sista dagarna. Farväl nu, min kära älskling, och bli så lycklig som du förtjänar och som du har gjort mig. För du kommer att bli lycklig.

Och vad allt annat beträffar, så talar vi inte mer om saken, det är det inte värt. Gå nu." Och så kysste hon honom en gång, två gånger, och sedan stängde hon grinden.

När han kommit över på andra sidan gatan och såg Lene, fick han en ingivelse att han borde vända tillbaka och få ännu ett ord och en kyss av henne. Men hon vinkade avvärjande med handen. Och då gick han vidare, medan Lene, med huvudet stött mot armen och armen stödd mot grinden, kastade långa blickar efter honom. Hon stod där länge, tills hans steg hade tonat bort i natten.

SEXTONDE KAPITLET

I MITTEN AV september ägde bröllopet rum på Sellenthinarnas gods Rothenmoor. Onkel Osten, annars inte känd som någon talare, hade utbringat en skål för brudparet som utan tvivel varade längre än något annat tal han hållit i hela sitt liv, och nästa dag införde Kreutzzeitung bland de sedvanliga familjeannonserna följande tillkännagivande: "Att under gårdagen äktenskap ingicks mellan Botho Freiherr von Rienäcker, premiärlöjtnant vid kejserliga kyrassiärregementet, och Käthe Freifrau von Rienäcker, född Sellenthin, göres härmed veterligt." Kreutzzeitung var väl inte en publikation som normalt förekom i den Dörrska trädgårdsmästarbostaden eller bland dess hyresgäster, men redan morgonen därpå anlände ett brev till fröken Magdalene Nimptsch, endast innehållande ett tidningsklipp med bröllopsannonsen. Lene bröt ihop men tog sig samman snabbare än avsändaren, förmodligen en avundsjuk arbetskamrat, torde ha räknat med. Att det kom från det hållet, tydde redan "högvälborna" framför hennes namn på. Syftet med detta utstuderade spratt måste ha varit att göra henne än tyngre till sinnes än hon redan var, men Lene kände sig just genom själva den där titulaturen mindre bitter än hon annars skulle ha blivit om hon fått reda på saken.

*

Botho och Käthe begav sig till Dresden redan innan bröllopsdagen var över, efter att ha motstått frestelsen att göra en släktresa till Neumark. De hade heller ingen anledning att ångra sitt val, allra minst

Botho, som dagligen lyckönskade sig inte bara till besöket i Dresden utan framförallt till att äga sin unga hustru, som tycktes vara helt främmande för allt vad nycker och dåligt humör hette. Hon skrattade faktiskt dagarna i ända, och hennes väsen var lika ljust och strålande som hennes utseende. Allt roade henne, och hon tog allting från den muntra sidan. I hotellet där de bodde fanns en kypare med en toupé, som liknade en vågtopp på sniskan, och denne kypare och hans peruk var ett ständigt glädjeämne för henne, så till den grad att hon, som annars inte var känd för sin kvickhet, kunde frossa i bilder och liknelser när hon kom in på saken. Botho njöt också och skrattade förtjust, tills det plötsligt blandades ett stänk av onda aningar och rentav obehag i hans skratt. Han märkte nämligen att hon endast intresserade sig för det småttiga och det komiska som hon fick syn på eller som kom i hennes väg, och när de båda efter ett par veckors lycklig vistelse i Dresden anträdde färden tillbaka till Berlin, fick han genom ett kort samtal alldeles i början av resan en bekräftelse på detta karaktärsdrag hos hans hustru. De hade egen kupé, och när de från bron över Elbe såg sig om för att ta avsked av den gamla staden och kupolen på Frauenkirche, lade Botho hennes hand sin och sade: "Säg mig nu, Käthe, vad var egentligen det finaste du upplevde i Dresden?"

"Gissa."

"Ja, det är knepigt, för du har ju din alldeles egna smak, och kyrkosången och Holbeins madonna kan jag väl inte komma dragandes med..."

"Nej. Du har rätt. Och jag vill inte hålla min stränge herre längre på pinobänken. Det är tre saker som gjorde mig betagen: framförallt konditoriet vid Altmarkt i hörnet av Scheffelgasse med de underbara bakverken och likören. Att bara sitta där..."

"Men, Käthe, man kunde ju inte alls sitta, det gick knappast att stå, och det var som om man måste slåss för varje munsbit..."

"Just det. Och precis därför, min käre. Allt som man måste slåss för..."

Hon vände sig ifrån honom och spelade tjurigt kokett, tills han gav henne en lång kyss.

"Jag ser nu", skrattade hon, "att du till slut blev överens med mig, och som belöning ska du nu få höra om de två återstående upplevelserna. Den andra var sommarteatern i det fria, där vi såg Monsieur Herkules och där Knaak trummade Tannhäusermarschen på ett rangligt spelbord. Nånting så komiskt har jag inte sett i hela mitt liv och antagligen inte du heller. Det var sannerligen komiskt... Och den tredje... Ja, den tredje upplevelsen var Bacchus på getabocken i Gröna valvet och Den krafsande hunden av Peter Vischer."

"Jag tänkte mig nåt åt det hållet, och när onkel Osten får höra talas om det, kommer han att hålla med dig och tycka om dig ännu mer än förut och upprepa ännu oftare: 'Jag säger dig bara, Botho, din Käthe...'"

"Borde han inte det då?"

"Naturligtvis borde han det."

Det blev några minuters paus i samtalet, och hur vänt och kärleksfullt Botho än betraktade sin unga hustru, hade dessa ord sått ett frö av ängslan i hans bröst. Den unga kvinnan hade själv ingen aning om vad som pågick inom honom och sade bara: "Jag är trött, Botho. Alla dessa bilder. Jag kan inte göra mig av med dem... Men" – tåget stannade tvärt – "vad är det för stön och stoj därute?"

"Det är en nöjespark för Dresdenborna. Kötzschenbroda, tror jag att den heter."

"Kötzschenbroda? Det är bara för komiskt."

Och medan tåget ångade vidare, sträckte hon ut sig, och det såg ut som om hon slöt ögonen. Men hon sov inte, och mellan ögonfransarna kunde hon iaktta mannen som hon älskade.

*

Vid Landgrafenstrasse, som vid denna tid var bebyggd endast på ena sidan, hade Käthes mamma under tiden inrett en våning för dem, och när de unga tu i början av oktober inträffade i Berlin, slogs de av den komfort som fanns där. Rummen åt gatan hade båda eldstäder och var uppvärmda, men dörrar och fönster stod öppna, för höstluften var mild och i kaminerna brann det men bara för trevnadens och ventilationens skull. Finast av allt var den stora balkongen med en djupt liggande markis, under vilken man såg rätt ut i naturen, först över de små björkdungarna och Zoologischer Garten och sedan ända bort till norra kanten av Grunewald.

Käthe klappade glädjestrålande i händerna inför denna storartade, fria utsikt, omfamnade mamman, kysste Botho och pekade med ens åt vänster där man kunde se ett torn med spåntak mellan enstaka popplar och pilar. "Titta, Botho, så komiskt. Det är som om det har knäckts på tre ställen. Och byn där bredvid, vad heter den?"

"Wilmersdorf, tror jag", fick Botho stammande fram.

"Utmärkt, Wilmersdorf. Men vad betyder: 'tror jag'? Du måste veta namnet på byarna här runt omkring. Mamma, ser det inte ut som om han har förrått en statshemlighet för oss? Dessa karlar är bara för komiska." Och så gick man in från balkongen för att inta den första lunchen en famille i rummet intill: bara mamman, det unga paret och Serge som enda gäst.

*

Rienäckers våning låg mindre än fem hundra meter från fru Nimptschs hus. Men Lene visste ingenting om detta, och hon tog ofta vägen förbi Landgrafenstrasse, vilket hon skulle ha undvikit om hon haft den ringaste aning om grannskapet.

Men det kunde inte förbli en hemlighet för henne under någon längre tid.

Det var redan tredje veckan i oktober, och fortfarande kändes det som sommar, och solen sken så starkt att man hade svårt att uppfatta, att luften fick något vasst över sig.

"Idag måste jag in till stan, mor", sade Lene. "Goldstein har skrivit.

Han vill tala med mig om ett mönster som ska broderas i prinsessan Waldecks linne. Och när jag ändå är i stan, tänker jag också besöka fru Demuth på Alte Jakobsstrasse. Annars är det så lätt att tappa kontakten med folk. Men vid middagstid är jag tillbaka. Jag ska säga till fru Dörr, att hon ser till dig."

"Låt bli det, Lene, låt bli det. Jag är helst för mig själv. Och den där Dörrskan, hon pratar hela tiden och det handlar bara om hennes man. Här är ju varmt och gott. Och när steglitsen piper, det räcker bra för mig. Men om du tar med dig en påse karameller hem, det river så gott i halsen på mig, och de där malttabletterna löser upp..."

"Ska bli, mor."

Och därmed lämnade Lene den lilla lugna bostaden och tog först Kurfürstenstrasse och sedan Potsdamer Strasse i riktning mot Spittelmarkt där Bröderna Goldstein hade sitt kontor. Allt gick som smort, och klockan var nästan tolv när hon på väg hemåt valde Lützowstrasse istället för Kurfürstenstrasse. Hon njöt av solen och blev stående vid Magdeburger Platz, där hon roade sig med att beskåda den livaktiga veckomarknaden som just höll på att avslutas och det färgglada kaos som rådde. Hon blev så intagen av allt det hon såg och rycktes ur sin förtrollning först när brandkåren kom förbirasslande med sitt förskräckliga oväsen.

Lene lyssnade tills pinglandet och klingandet hade tonat bort någonstans i fjärran. Sedan kastade hon en blick ned åt vänster på tornuret i Zwölf-Apostel-Kirche. "Precis tolv", sade hon. "Hög tid att raska på. Hon blir alltid så orolig när jag kommer senare än hon har tänkt sig." Och så gick hon vidare ned för Lützowstrasse till platsen med samma namn. Men plötsligt blev hon stående och visste inte vart hon skulle ta vägen, ty på ganska kort håll kände hon igen Botho, som gick arm i arm med en vacker ung dam och kom rakt emot henne. Den unga damen talade med livliga gester och tydligen enbart om angenäma saker, för Botho skrattade oavbrutet, medan hans blickar var fästade vid henne. Det var också anledningen till att han inte hade upptäckt Lene, och för att till varje pris undvika ett sammanträffande med honom beslöt hon att kvickt vända sig åt höger på trottoaren, och hon gick fram till första bästa skyltfönster framför vilket det låg en fyrkantig räfflad järnplatta, antagligen för att spärra ingången till en källare. Innanför skyltfönstret fanns en speceributik med de sedvanliga arrangemangen av stearinljus och konserverade grönsaker. Inget speciellt alls, men Lene stirrade in i fönstret som om hon inte hade sett något liknande förut. Det var verkligen i rättan tid, för i samma ögonblick hade det unga paret så när snuddat vid henne, och inte ett ord av det samtal de förde med varandra undgick henne.

"Käthe, inte så högt...", sade Botho, "folk har redan börjat titta på oss."

"Låt dem titta då..."

"De måste tro att vi grälar."

"Men vi skrattar ju. Gräla och skratta samtidigt?"

Och hon fortsatte med sitt skrattande.

Lene kände hur den tunna järnplattan som hon stod på vibrerade. Framför skyltfönstret löpte vågrätt en liggande mässingsstång som ett skydd för den stora glasrutan, och för en kort sekund var hon på vippen att fatta tag i den för att inte falla. Men hon lyckades hålla sig upprätt, och först när hon kunde vara säker på att de båda hade kommit på tillräckligt långt avstånd, vände hon sig om igen och gick sedan vidare. Hon trevade sig försiktigt fram längs husen. Det gick ett tag, men så fick hon för sig att hon höll på att svimma, och knappt hade hon nått fram till närmaste tvärgata som ledde över kanalen, så vek hon in på den, och via en gallergrind som hade lämnats öppen tog hon sig in på en förgård. Med yttersta möda släpade hon sig till en liten yttertrappa som gick upp till en veranda och husets bottenvåning och slog sig ned på ett av de få trappstegen, på vippen att tuppa av.

När hon kom till sans igen, såg hon en halvvuxen flicka bredvid sig. I handen höll flickan en spade som hon hade använt för att gräva små trädgårdsland, och hon betraktade henne med deltagande, medan en gammal barnjungfru mönstrade henne från verandabalustraden med minst lika stor nyfikenhet. Ingen annan än barnet och tjänsteanden var tydligen hemma, och Lene ursäktade sig för dem bägge, reste sig och gick tillbaka till porten. Men den halvvuxna flickan följde hennes steg med sorgsen förvåning, och det var nästan som om barnahjärtat hade fått ett förebud om livets alla olyckor.

Lene hade korsat körbanan och kommit fram till kanalen, och hon höll sig på slänten, där hon kunde vara säker på att inte möta någon. Från pråmarna gläfste då och då en spets, och eftersom det var middagstid steg en svag rök upp ur de små kajutaskorstenarna. Men hon varken såg eller hörde någonting eller var åtminstone inte medveten om vad som pågick runt omkring henne, och det var först när hon kommit på andra sidan Zoo och bebyggelsen vid kanalen hade upphört och de stora slussarna med sina vattenkaskader blev synliga som hon stannade till och kippade efter andan. "Å, den som ändå kunde gråta!" Och hon tryckte sin hand mot bröstkorgen.

*

Hemma satt modern på sin gamla vanliga plats, och hon satte sig mitt emot henne, utan att de växlade ett ord eller en blick med varandra. Men så med ens såg den gamla upp från elden i spisen, som hon hade stirrat in i, och noterade med förfäran Lenes förändrade anletsdrag.

"Lene, mitt barn, vad är det som har hänt? Som du ser ut, Lene!"

Och så svårt hon än hade att röra sig, steg hon i ett slag upp från pallen och letade efter kruset för stänka lite vatten på dottern som satt där mer död än levande. Men kruset var tomt, och så linkade hon ut i farstun och därifrån ut på gårdsplanen och in i trädgården för att kalla på den goda människan fru Dörr, som var fullt sysselsatt med att göra buketter av lackviol och kaprifol till marknaden. Men mannen hennes stod bredvid henne och sade: "Ta nu inte så mycket snöre som du brukar."

Fru Dörr bleknade när hon hörde gummans jämmerliga rop på

håll och svarade med hög röst: "Jag kommer strax, mor Nimptsch, jag kommer strax!" Hon kastade allt vad hon hade för händer, blommor och bast, och sprang genast bort till det lilla gathuset, eftersom hon intalat sig att någonting måste vara på tok där.

"Det var väl det jag trodde… lilla Lene." Hon ruskade och skakade om den alltjämt halvdöda Lene, samtidigt som gumman långsamt traskade efter och lufsade in genom farstun.

"Vi måste få henne i säng", skrek fru Dörr, och Nimptschkan ville hugga i. Men det var inte vad den resliga fru Dörr hade menat med "vi". "Jag tar hand om det här själv, mor Nimptsch." Och med Lene i sina armar bar hon in henne i kammaren som låg strax intill och bäddade ned henne där.

"Så där, mor Nimptsch. Nu behöver hon ett varmt grytlock. Sånt här känner jag till, det kommer från blodet. Först ett grytlock och sen en tegelsten till fotsulorna. Precis under vristen, det är där livsandarna sitter… Men hur kommer det här sig? Det måste vara nånting som har skakat om henne."

"Vet ej. Hon har inte sagt ett ord. Men jag tror att hon kan ha sett honom."

"Exakt. Så måste det vara. Det känner jag till… Men nu har vi stängt fönstren och rullgardinerna är neddragna… Många går in för kamfer och Hoffmanns droppar, men kamfer sätter ned krafterna, och det tar månader att komma tillbaka. Nej, käraste fru Nimptsch, hon är ju så ung, och låt då naturen ha sin gång, det måste få självläka. Då är det bra att hon svettas ut det. Svettas ordentligt. Och var kommer allt det här sen ifrån? Från männen. Ändå är de nödvändiga, vi klarar oss inte utan dem… Men se, nu verkar hon få färg på kinderna igen."

"Ska vi inte sända efter doktorn i alla fall?"

"Nej, Gud förbjude. De ränner bara omkring, och innan nån dyker upp, så kan man vara både död och begraven flera gånger om."

SJUTTONDE KAPITLET

TVÅ OCH ETT halvt år hade gått sedan det där mötet. Under tiden hade åtskilligt förändrats i vår krets av vänner och bekanta, men inte för dem som bodde på Landgrafenstrasse.

Här rådde samma goda stämning som tidigare, uppsluppenheten från smekmånaden höll i sig, och Käthe skrattade som förr. Att paret fortsatte att vara ett ensamt par, vilket kanske hade gjort andra unga damer bedrövade, bekymrade inte Käthe det minsta. Hon tog livet som det kom och var så tillfreds med all grannlåt och allt skvaller, med allt farande hit och dit, att hon inte önskade sig några förändringar i sina levnadsomständigheter utan snarare skrämdes av tanken på att någonting sådant skulle inträffa. Någon längtan efter att bilda familj hade hon ännu inte drabbats av, och när mamman i ett brev påtalade saken för henne, svarade Käthe ganska snorkigt: "Oroa Dig inte för det, mamma. Bothos bror har också förlovat sig nu, om ett halvår blir det bröllop, och jag överlåter gärna åt min blivande svägerska att svara för huset Rienäckers fortbestånd."

Botho såg annorlunda på detta, men han lät sig inte nedslås i någon nämnvärd grad av vad som kunde uppfattas som en brist i tillvaron. Om han ändå från tid till annan blev misslynt, så var orsaken nog den att han visserligen kunde tala någorlunda förståndigt men aldrig utväxla ett allvarligt ord med Käthe, något som han hade fått klart för sig redan under bröllopsresan till Dresden. Hon var underhållande och fick då och då lyckliga infall, men också det bästa som kom över hennes läppar var ytligt och "ostyrigt", som om hon saknade förmåga att skilja på väsentligt och oväsentligt. Och det värsta var att hon betraktade detta som någonting förtjänstfullt, stoltserade med det och inte hade för avsikt att ändra sig på den punkten. "Men Käthe, Käthe!" invände Botho och lät höra ett visst missnöje, men med sin lättsamma natur lyckades hon alltid avväpna honom, till den grad att han kände sig pedantisk var gång han ställde krav på henne.

Lene med sina enkla maner, sitt allvarliga väsen och sin ovilja till kallprat kom allt oftare för honom, men hon försvann lika fort, och bara vid enstaka tillfällen, när vissa händelser återkom i hans medvetande och fick en särskild lyster, kunde han känna sig berörd och ibland till och med illa till mods.

Ett sådant tillfälle inträffade redan under deras första sommar, då det unga paret hade återvänt från en måltid hos greve Alten och slagit sig ned på balkongen för att dricka te. Käthe låg tillbakalutad i sin stol och lyssnade på en uppläsning av en tidningsartikel som var späckad med sifferuppgifter om sportler och avgifter till prästerskapet. Hon fattade nästan ingenting, framförallt därför att siffrorna gjorde henne förvirrad, men hon hörde ändå uppmärksamt på, eftersom alla märkiska adelsfröknar tillbringar halva sin ungdom "hos prästerskapet" och därför fortsätter att intressera sig för de kyrkliga. Så var det också nu. Till slut blev det kväll, och i samma stund som skymningen föll, satte orkestern igång att spela i Zoo, och tonerna från en smäktande Straussvals nådde dem.

"Lyssna bara, Botho", sade Käthe och satte sig upp, och så föreslog hon uppsluppet: "Kom, låt oss dansa." Utan att vänta på hans medgivande drog hon upp honom från stolen och dansade med honom in i det stora rummet med balkongen och tog ett par svängar där. Sedan gav hon honom en kyss, och medan hon lutade sig emot honom sade hon: "Vet du, Botho, så här härligt har jag inte dansat tidigare, inte ens på min första bal, när jag fortfarande bodde på pensionatet och ännu inte var konfirmerad, det måste jag erkänna. Onkel Osten tog mig under sina vingars skydd, och mamma vet inte om det den dag som är. Men inte ens då var det lika härligt som nu. Och ändå är det ju den förbjudna frukten som ska smaka bäst, eller hur? Men du säger ju ingenting, Botho, du ser så generad ut. Så nu har jag ertappat dig igen." Han försökte så gott han kunde få fram ett ord, men hon tillät honom inte. "Jag tror faktiskt att du har fallit för min syster Ine, Botho, och du ska inte försöka lugna mig med att hon inte är mycket mer än en backfisch. De är alltid de farligaste. Eller hur? Jag har ingenting sett förstås, och jag unnar er det bägge. Men gamla historier gör mig svartsjuk, mycket, mycket mer än nya."

"Märkligt", sade Botho och försökte med ett skratt.

"Inte så märkligt som det kan verka", fortsatte Käthe. "Du förstår, nya historier kan man mer eller mindre hålla ögonen på, och det måste gå riktigt illa och du måste vara utsatt för en riktig storskurk för att ingenting märka och inte bli lurad. Men gamla historier kan man inte kontrollera, av dem kan det gå tretton på dussinet, och man vet inte vad man ska tro."

"Och det man inte vet..."

"Det kan ändå göra ont. Men vi låter det vara. Fortsätt du att läsa ur din tidning. Jag måste hela tiden oroa mig för våra Kluckhuhns, och den goda kvinnan förstår ingenting. Deras äldste ska just påbörja sina studier."

*

Liknande händelser blev allt vanligare, och med anspelningar på flydda tider dök också bilden av Lene upp, men henne själv såg Botho inte, vilket föreföll honom besynnerligt eftersom de var nästan grannar.

Om han hade fått reda på att fru Nimptsch och Lene inte bodde kvar på samma ställe som tidigare, skulle han naturligtvis ha förstått hur det hela hängde ihop. Från den dag då Lene hade sett det unga paret på Lützowstrasse, hade hon talat om för gumman att hon inte längre kunna stanna kvar hos Dörrs, och när mor Nimptsch, som annars aldrig protesterade, skakade på huvudet och gnydde och oupphörligt pekade på spisen, sade Lene: "Mor, du känner mig ju. Jag ska inte ta ifrån dig eld och härd. Du får det precis som här. Jag har lagt undan pengar, och om det hade saknats, så skulle jag arbeta ihop det som behövs. Men vi måste bort härifrån. Jag måste gå förbi där varje dag, mor, och det är mer än jag står ut med. Jag vill inte beröva honom det han har, tvärtom: jag är glad att han är lycklig. Gud är mitt vittne, det var en god och underbar människa, och han gjorde mig lycklig, och det var inte fråga om att åbäka sig eller spela teater. Uppriktigt sagt: även om jag inte står ut med fina herrar, så var han en äkta adelsman, med hjärtat på rätta stället. Ja, min käre Botho, du ska vara lycklig, precis som du förtjänar. Men jag kan inte fortsätta på det här viset, mor, jag måste bort härifrån, för så fort jag går ut på gatan, är jag rädd för att han ska stå där. Jag kommer hela tiden att vara som ett nervknippe. Nej, det går absolut inte. Men din eldstad ska du ha. Det lovar jag dig, jag, din Lene." Gumman gav nu upp allt motstånd, och fru Dörr sade: "Det är klart att ni måste flytta. Och Dörr, den gamle snåljåpen, det är rätt åt honom. Han har alltid muttrat om att ni betalar för lite i hyra och att det inte täcker fastighetsskatt och reparationer. Nu blir han väl glad när det står tomt här. För det är det som kommer att ske. Vem vill flytta in i ett sånt ruckel, där varenda kattracka kan titta in genom fönstret och där det inte finns vare sig gas eller rinnande vatten? Ni har tre månaders uppsägning så klart, och vid påsktid ska ni vara ute ur huset, det kan han inte krångla med. Och det gör mig uppriktigt glad – ja, så tokig är jag, Lene. För också jag måste betala, för min skadeglädje. När du, mitt barn, och kära fru Nimptsch med sin eldstad och sin tekittel och vattnet som alltid står och kokar, när ni är borta, vad har jag kvar då? Bara *honom* och Sultan och den där korkade grabben, som bara blir mer och mer korkad för var dag som går. Några andra har jag ju inte. Och sen när det blir kallt och snön ligger tät, då får man sitta här och uggla i all tysthet och ensamhet."

Så lät det när Lene först lade fram sin plan på att de skulle byta bostad. Då påsken närmade sig, kom det också en flyttkärra för att frakta bort deras tillhörigheter. Gubben Dörr hade märkligt nog uppträtt korrekt in i det sista, och efter ett högtidligt avskedstagande packade man in fru Nimptsch tillsammans med steglits och ekorre i en droska som tog dem alla till Luisenufer. Där hade Lene hyrt en liten praktvåning på tredje etaget och inte bara skaffat nya möbler utan också sörjt för att det hade byggts en kamin i anslutning till den stora ugnen i förmaket, precis som hon hade utlovat. Hyresvärden hade till en början gjort alla möjliga invändningar och sagt att en sådan tillbyggnad skulle "ruinera ugnen". Men Lene hade stått på sig, och detta hade gjort ett så stort intryck på värden, en gammal ärevördig snickarmästare, att han gav efter.

De båda levde ungefär så som de hade vant sig vid i det Dörrska gårdshuset, med den skillnaden att de nu bodde tre trappor upp och hade sin utsikt över Michaelskirches vackra kupol istället för de fantastiska tornen på elefanthuset. Ja, de fann denna vy så bedårande och så skön och så fridfull, att till och med gamla fru Nimptsch var tvungen att ändra sina levnadsvanor, och när solen sken höll hon sig inte bara till pallen vid eldstaden, utan hon satt också vid det öppna fönstret, där Lene hade ställt fram en liten stege åt henne. Allt detta bekom gamla fru Niemptsch utomordentligt väl, och det stärkte också hennes hälsa, så att hon led mindre av sin reumatism när de hade flyttat till den nya bostaden än hon hade gjort i det Dörrska gårdshuset, som inte hade varit mycket bättre än ett källarhål sina poetiska omgivningar till trots.

Men i övrigt gick det inte en vecka utan att fru Dörr tog sig den tämligen långa vägen från Zoo till Luisenufer, bara för att "se hur det stod till". Hon föll in i samma trall som alla gifta kvinnor i Berlin, nämligen att tala uteslutande om sina äkta män, och som vanligt anslog hon en ton som om äktenskapet med honom var en svårartad mesallians och knappast gick att förklara. I själva verket förhöll det sig på det viset att hon inte bara kände sig synnerligen belåten och förnöjd, utan att hon också satte pris på att Dörr var precis som han var. Hon hade bara fördelar av detta, först och främst därför att hon bara blev rikare och rikare och sedan, nog så viktigt, för att hon oavbrutet kunde sätta sig på den gamle snåljåpen och förebrå honom hans lågsinthet, utan risk för att det skulle drabba henne ekonomiskt eller att han betedde sig annorlunda mot henne. Dörr blev alltså huvudtemat under dessa samtal, och om Lene inte var hos Goldsteins eller någon annanstans i staden, fick hon sig också alltid ett gott skratt, i synnerhet som hon hade återfått sina krafter efter flytten, precis som fru Nimptsch. Som man kan förstå hade hon från första början koncentrerat sig på hur hemmet skulle möbleras, inredas och iståndsättas, och detta hade skingrat hennes bekymmer. Ännu en fördel med bostaden, och desto viktigare för att hon skulle krya på sig och bli sig själv igen, var att hon inte behövde oroa sig för att träffa på Botho igen. Vem kom någonsin till Luisenufer? Inte Botho i alla fall. Allt detta bidrog till att man igen upplevde henne som en ganska käck och gladlynt person, och det var bara en sak som till det yttre påminde om de kval hon hade fått genomlida: i hennes mittbena fanns en vit hårtest. Mor Nimptsch lade inte märke till eller gjorde ingen stor sak av det, men Dörrskan, som på sitt sätt försökte följa modets växlingar och framförallt var mycket stolt över sitt eget hårsvall, såg de vita hårtestarna med det samma och sade till Lene: "Jösses, Lene. Och just på vänstra sidan. Men det är klart... det är där det sitter... det måste sitta till vänster."

Det var strax efter själva flytten som det här samtalet ägde rum. Annars kom de som regel inte in på Botho eller på gamla tider, vilket säkert hade att göra med att Lene avbröt dem tvärt eller lämnade rummet, så snart de berörde detta ämne. Saken gick upp för fru Dörr, sedan detta hade upprepats gång på gång, och därefter teg hon eftersom det var så uppenbart, att ingen av dem ville lyssna på det örat. Så förflöt ett år, och när det hade gått till ända, uppkom ytterligare en anledning till att det inte var tillrådligt att vända tillbaka till det som hade varit. I grannlägenheten, vägg i vägg med fru Nimptschs, hade det nämligen kommit en ny hyresgäst, som från första stund lovade att bli någonting mer än en god granne. Varje kväll kom han in för att växla några ord, så att det ibland kunde påminna om flydda tider, när Dörr hade suttit på pallen och rökt sin pipa, förutom det att den nye grannen var annorlunda i flera hänseenden: han var en städad och bildad herre, hade inte särskilt fina men ändå anständiga maner, var duktig på att konversera dessutom, och när Lene var närvarande tog han upp än det ena, än det andra ämnet: det kunde gälla kommunala angelägenheter, skolor, gasverk, avloppssystem, ibland också resor som han hade gjort. Var han ensam med gumman så bekom det honom inte alls, utan då spelade han rummy eller dam med henne eller hjälpte henne med att lägga patiens, trots att han egentligen avskydde allt som hade med kortspel att göra. Ty han var konventikler, och efter att ha spelat en viss roll först hos mennoniterna och sedan hos Irvingi- anerna hade han nyligen grundat en egen sekt.

Allt detta uppväckte begripligt nog den största nyfikenhet hos fru Dörr, som inte drog sig för att komma med frågor och göra antyd- ningar, men bara när Lene var borta på arbete eller hade ärenden att uträtta i staden. "Säg mig, kära fru Nimptsch, vad är han för en? Jag har letat men inget funnit. Dörr har bara katalogen från förra året. Franke heter han, eller?"

"Ja, Franke."

"Franke. Så hette en i Ohmgasse, en övertunnbindarmästare, och han hade bara ett öga – det vill säga, det andra, det andra var kvar men var blekt och såg ut som en fiskblåsa. Vet ni varför? Han skulle få ihop ett tunnband, men det sprätte loss och udden hamnade rakt i ögat på honom. Det var så det gick till. Jag undrar om han kommer från samma familj."

"Nej, fru Dörr. Han är inte alls här ifrån. Han kommer från Bre- men."

"Jaså. Ja, men då förstår jag."

Fru Nimptsch nickade införstått, utan att bry sig om vad det var den andra hade förstått, och fortsatte obekymrat: "Och från Bremen till Amerika tar det bara fjorton dagar. Det var dit han for. Han var nåt slags plåtslagare eller klensmed eller maskinist, men när han såg att det inte fungerade, så blev han doktor och drog omkring med en massa buteljer, och han höll också predikningar, har jag hört. Och sen när han höll på att predika, så fick han en tjänst... ja, nu har jag glömt vad det var för några. Men det ska ha varit mycket gudfruktiga människor och mycket anständiga."

"Herre min Gud och Skapare", sade fru Dörr. "Han kan väl inte... För Guds skull, vad heter de nu igen, de som har så många fruar, sex eller sju stycken, och en del har ännu fler... Jag vet inte vad de ska med så många fruar till."

Det var ett ämne som gjort för fru Dörr. Men Nimptschkan lugnade ned sin väninna och sade: "Nej, kära ni, det är inte alls på det viset. Först trodde jag också att det kunde vara så, men då skrattade han bara och sade: 'Bevare mig väl, fru Nimptsch, jag är ungkarl. Och om jag skulle gifta mig, så räcker det med en för mig.'"

"Då föll en sten från mitt bröst", sade Dörrskan. "Och vad hände sen? Jag menar där borta i Amerika."

"Ja, sen gick det bara bra för honom, och det dröjde inte förrn han fick den hjälp han behövde. För säga vad man vill om de där gudliga, de hjälper varandra i ur och skur. Han fick kunder igen och gick tillbaka sitt gamla yrke. Och det har han fortfarande, han är på en stor fabrik här på Köpenickerstrasse, där de tillverkar små rör och brännare och kranar och sånt som behövs för gasen. Han leder det hela, nåt slags verkmästare, och har väl ett hundratal under sig. En reputerlig karl med cylinder och svarta handskar. Bra lön har han också."

"Och Lene?"

"Nå, Lene, hon gillar honom ju. Och varför inte? Men hon kan inte hålla tand för tunga, och om han kommer hit och berättar vad han har varit med om, så berättar hon allt vad hon har varit med om. Först om Kuhlwein (men det är ju så länge sen, som om det aldrig hade funnits) och sen om det där med baronen. Och ni förstår, Franke, han är en fin och anständig karl, ja, egentligen vad man skulle kunna kalla herreman."

"Vi måste ta ur henne det där. Han behöver ju inte veta allt. Vad ska det tjäna till? Vi vet ju inte heller allt."

"Så sant som det är sagt. Men Lene…"

ADERTONDE KAPITLET

NU VAR DET juni 1878. Fru von Rienäcker och fru von Sellenthin hade under maj besökt det unga paret, och för varje dag som gick hade mor och svärmor blivit fullkomligt övertygade om att deras Käthe tedde sig allt blekare, alltmer anemisk, allt kraftlösare än de tidigare hade sett henne, och naturligt nog hade de därför insisterat på att inkalla en specialist, med vars hjälp man – efter förberedande och dyrbara gynekologiska undersökningar – skulle kunna sända henne till en månadslång kur i Schlangenbad som ett nödvändigt första steg. Därefter skulle hon resa till Schwalbach. Käthe hade bara skrattat och inte velat höra talas om saken, i alla fall inte om Schlangenbad: själva namnet hade någonting kusligt över sig, och hon kunde redan känna en huggorm kräla vid bröstet. Men till slut hade hon gett efter och i förberedelserna inför resan funnit en större tillfredsställelse än den hon förväntade sig av själva kuren. Varje dag for hon in till staden för att skaffa sig det ena och det andra, och hon tröttnade inte på att konstatera, hur hon först nu hade lärt sig uppskatta engelskornas fäbless för "shopping": att gå från butik till butik och få syn på vackra ting och möta människor som gav en komplimanger, det var verkligen ett nöje och lärorikt dessutom, eftersom man såg så mycket som man inte alls hade känt till sedan tidigare och som man inte ens hade hört namnet på. Vanligen följde Botho med på dessa utfärder, och innan juni månad var förbi, hade Reinäckers våning till hälften förvandlats till en liten utställningslokal för reseattiraljer. Framförallt var där en jättelik koffert med mässingsbeslag, som Botho inte utan en viss rätt kallade sin skattkista; därtill kom två mindre koffertar i ryssläder samt väskor, filtar och kuddar, och utbredd över soffan låg en resegarderob med en reskappa överst och ett par underbara snörstövlar med tjocka sulor, som om det förbereddes för ett slädparti.

Den 24 juni, på midsommardagen, skulle resan påbörjas; men dagen före ville Käthe samla sin cercle intime igen vid en relativt tidig timma. Och inbjudan utgick till Wedell och en ung Onken och naturligtvis till Pitt och Serge. Dessutom till Käthes speciella favorit Balafré som hade deltagit i den stora attacken vid Mars-la-Tour, då han ännu tillhörde Halberstadtkyrassiärerna, och fått sitt smeknamn på grund av ett praktfullt huggsår, som han ådragit sig vid detta tillfälle och som gick diagonalt över pannan och ena kinden.

Käthe satt mitt emellan Wedell och Balafré och såg inte ut som om hon skulle vara i något särskilt stort behov av Schlangenbad eller någon annan kurort heller. Hon hade färg, hon skrattade, ställde hundra frågor och nöjde sig med att lyssna till de inledande orden när någon hade börjat svara på hennes frågor. Det var egentligen hon som förde ordet, och ingen tog anstöt av detta, eftersom hon till fullo behärskade kallpratets ädla konst. Balafré frågade, hur hon hade tänkt sig sitt besök på kurorten. Schlangenbad var ju inte bara berömt för sina hälsomirakler utan i långt högre grad för sin långtråkighet, och fyra veckors långtråkighet, även under gynnsamma kurförhållanden i övrigt, kunde anses vara i mesta laget.

"O, käre Balafré", sade Käthe, "ni ska inte oroa mig, och det skulle ni inte heller behöva göra om ni visste hur mycket Botho har gjort för mig. Han har nämligen lagt åtta volymer noveller, visserligen längst ned, i kofferten, och för att min fantasi inte ska bli överhettad och störa mina hälsobringande bad så har han samtidigt lagt dit en bok om fiskodling."

Balafré skrattade.

"Ja, skratta ni, käre vän, men ni känner bara till halva saken. Den andra och viktigare halvan är hans motivering – Botho gör nämligen

ingenting utan anledning och orsak. Jag skämtade naturligtvis bara
när jag sade att fiskodlingsbroschyren skulle hjälpa mig att inte ta ska-
da av min fantasi, den allvarliga sidan av saken går ut på att jag långt
om länge *måste* studera såna saker, det vill säga den här broschyren,
och det av ren lokalpatriotism. För Neumark, vår gemensamma här-
liga hembygd, har sen länge varit ett fiskodlingens laboratorium, och
om jag håller mig okunnig om denna ekonomiskt viktiga näringsfak-
tor, så har jag ingen rätt att visa mig i Krets Landsberg på andra sidan
Oder, och allra minst i Berneuchen, hos min kusin Borne."

Botho försökte ta till orda, men hon tystade honom och fortsatte:
"Jag vet vad du vill säga – att de där novellerna finns med bara som
en sista utväg. Visst, visst, du är alltid så förskräckligt försiktig. Men
jag tror jag inte behöver nån sån utväg. Igår hade jag nämligen ett
brev från min syster Ine som skriver att Anna Grävenitz redan är
där sen en vecka tillbaka. Ni känner henne ju, Wedell, född Rohr, en
charmant blondin, som faktiskt gick i samma klass som jag i pensio-
natet Zülow. Och jag minns hur vi båda svärmade för vår avgudade
Felix Bachmann och till och med skrev verser, tills gamla fru Zülow
sade att hon skulle förbjuda alla såna dumheter. Och Elly Winter-
feld kommer förmodligen också, skriver Ine. Nu säger jag mig att
i ett sällskap med två så intagande unga damer – och med mig som
den tredje, utan jämförelse med de bägge andra – i ett så gott säll-
skap, intalar jag mig själv, måste man väl ändå kunna ha det trevligt.
Tror ni inte, käre Balafré?"

Denne böjde på huvudet under ett groteskt minspel som avsåg att
uttrycka hans bifall till allt som hade blivit sagt, bortsett från hennes
egen försäkran om att hon måste stå tillbaka vid en jämförelse med
vem som helst i världen, men icke desto mindre återgick han till sitt
ursprungliga förhör: "Om jag fick höra detaljer, min nådiga! Varje
minut rymmer så många detaljer, och det är de som avgör om vi blir
lyckliga eller olyckliga. En dag har så väldigt många minuter."

"Så här tror jag att det blir. Varje morgon brevskrivning. Sen promenadkonsert och en spatsertur med de bägge damerna, helst genom en allé där man får vara ostörd. Där sätter vi oss ned och läser för varandra breven, som vi förhoppningsvis har fått, och om han uttrycker sig ömsint, så skrattar vi och säger 'ja, ja'. Och sen kommer badet, och efter badet gör vi toilette, med stor omsorg och inlevelse, vilket inte kan vara mindre angenämt i Schlangenbad än i Berlin. Snarare tvärtom. Därefter går vi till bords och har en gammal general på höger sida och en förmögen industriägare på vänster sida, och industrifolk har jag ända sen ungdomen haft en passion för. En passion som jag inte skäms för. För antingen har de uppfunnit ny pansarplåt eller så har de lagt en telegrafledning under havet eller sprängt en tunnel eller anlagt en bergbana. Och till råga på allt är de rika, vilket inte heller bör föraktas. När måltiden är över går man in i biblioteket och intar kaffe bakom neddragna jalusier, så att ljus och skugga hela tiden dansar omkring på tidningssidorna. Och sen en utflykt. Kanske, om man har tur, har ett par kavaljerer från Frankfurt eller Mainz förirrat sig ditut och rider långsamt bredvid vår vagn – och det måste jag säga er, mina herrar, husarer kan ni inte mäta er med, om de sen är blåa eller röda, och från min militära ståndpunkt är det ett avgörande fel, att man fördubblar gardesdragonerna men låter gardeshusarerna vara som de var. Ännu obegripligare är det att man håller dem där borta. Nånting så spektakulärt borde man ha i huvudstaden."

Botho blev mer och mer generad av sin hustrus konversationstalanger och försökte genom små nålstick att få bukt på hennes pratsjuka, men hans gäster var mycket mera okritiska än han själv, ja de blev mer än tillförne påtagligt uplivade av den "bedårande lilla frun", och Balafré, som tog priset i Käthe-beundran, sade: "Rienäcker, ett ord till mot er hustru, och ni är en död man. Min nådiga, vad är det egentligen detta monstrum till äkta man vill, vad är det han kverulerar om? Jag har inte den blekaste aning och kan inte förstå annat än att han måste känna sig kränkt i sin kyrassiärära och att han – ni får förlåta vitsen! – har råkat i harnesk bara för att försvara sin rustning.

Rienäcker, nu får ni faktiskt ta er i akt! Om jag hade en hustru som er, så skulle jag lyda hennes minsta nyck, och om min nådiga skulle vilja göra mig till husar, så blev jag det på direkten, punkt och slut. För så mycket vet jag, och det kan jag sätta mitt liv och min heder i pant på, att om Hans Majestät hade fått lyssna till en sån vältalighet, då hade gardeshusarerna inte fått en lugn stund, de hade i morgon dag lagts i bivack i Zehlendorf, och redan i övermorgon skulle de rycka in genom Brandenburger Tor. Å, detta hus Sellenthin! Nu tar jag tillfället i akt att utbringa en skål, två skålar, tre skålar till dess ära. Varför har ni inte en syster till, min nådiga? Varför är fröken Ine redan förlovad? Alldeles för tidigt och för mig en total missräkning."

Käthe blev till sig över sådana små hyllningsgärder och försäkrade, att hon, trots att Ine nu var räddningslöst förlorad för honom, skulle göra allt som stod i hennes makt, även om hon visste fuller väl, att han var en obotlig ungkarl och att allt detta var tomma ord. Men strax därpå lade hon gnabbet med Balafré åt sidan och återupptog resonemanget rörande sin förestående resa, enkannerligen hur hon tänkte sköta sin korrespondens. Hon upprepade att hon förväntade sig ett brev var dag, det var nu bara en skyldighet för en älskad äkta man, men för egen del skulle hon låta det bero på vad hon fick vara med om och ge ifrån sig livstecken endast när hon kom till en ny station. Förslaget vann bifall, till och med hos Rienäcker, och ändrades senare bara i så måtto att hon visserligen skulle skriva ett kort vid framkomsten till varje större station före Köln, som i och för sig innebar en omväg för henne, men att alla korten, hur många eller få de än var, skulle stoppas i ett gemensamt kuvert. Det hade fördelen att hon skulle kunna uttala sig utan restriktioner om sitt resesällskap och slippa oroa sig över posttjänstemännens och brevbärarnas nyfikenhet.

Efter måltiden intogs kaffe ute på balkongen, där Käthe, efter att ha spjärnat emot en stund, uppenbarade sig i sin resdräkt: en Rembrandthatt och en långrock med axelväska. Hon såg förtjusande ut. Balafré var mer begeistrad än någonsin och bad henne att inte bli to-

talt överraskad, om hon morgonen därpå skulle få honom som med-
resenär där hon satt inklämd i sin kupé.

"Förutsatt att han får permission", skrattade Pitt.

"Eller deserterar", tillade Serge, "för att göra hyllningsgärden kom-
plett."

Så fortsatte man småpratet en stund, och sedan tog man avsked av
det älskvärda värdparet och kom överens om att göra sällskap bort
mot bron vid Lützowplatz. Men där delade man upp sig i två grupper,
och medan Balafré jämte Wedell och Osten släntrade längs kanalen,
tog Pitt och Serge sikte på Tiergarten där de tänkte uppsöka Kroll.

"Storartat fruntimmer, denna Käthe", sade Serge. "Rienäcker ter
sig allt en smula blek vid sidan om henne, och ibland ser det ut som
om han, sur och förnumstig som han är, skulle behöva urskulda sin
lilla hustru inför all världen, när det vid närmare påseende är hon som
överträffar honom."

Pitt teg.

"Och vad har hon i Schwalbach eller Schlangenbad att göra?" fort-
satte Serge. "Där får hon ingen hjälp, och om hon får det, så är det väl
i alla händelser en rätt underlig hjälp."

Pitt kastade en blick på honom från sidan. "Jag tycker att du blir
mer och mer russifierad, Serge, eller för att uttrycka det på annat sätt:
du växer in i ditt namn."

"Har du inte fått nog än? Men skämt åsido, käre vän, en sak är klar:
jag retar mig på Rienäcker. Vad har han emot sin förtjusande lilla hust-
ru? Kan du förstå?"

"Ja."

"Och?"

"She is rather a little silly. Eller för att tala klarspråk: hon fånar sig
rätt mycket. För mycket för *honom* i alla fall."

NITTONDE KAPITLET

REDAN UNDER FÖRSTA sträckan, mellan Berlin och Potsdam, drog Käthe den gula gardinen för kupéfönstret för att undgå att bli bländad av det tilltagande solskenet. Men på Luisenufer hade man inte dragit för några gardiner, och den skarpa förmiddagssolen föll rätt in genom fru Nimptschs fönster och fyllde hela rummet med ljus. Det var bara rummets innersta som låg i skugga, och här stod en gammaldags säng med röd- och vitrutiga kuddar uppstaplade som fru Nimptsch lutade sig emot. Hon snarare satt än låg, ty hon hade vatten i lungorna och led svårt av astma. Hon vände sitt huvud titt som tätt mot det uppslagna fönstret men ännu oftare mot kaminen, där det inte brann någon eld den här dagen.

Lene satt bredvid och höll henne i handen. När hon såg att gummans blick hela tiden gick i samma riktning, sade hon: "Ska jag sätta fyr, mor? Jag trodde att när du lägger dig och har sängvärme och det är så varmt…"

Gumman sade ingenting, men Lene tyckte att det verkade som om hon gärna ville. Så hon gick dit bort och böjde sig ned och satte fyr i kaminen.

När hon återvände till sängkanten, log den gamla belåtet och sade: "Ja, Lene, varmt är det. Men du vet, jag vill alltid att det ska brinna i den. Och när jag inte ser nån eld, så tänker jag att allt är förbi – det finns ingen låga och inget liv. Det gör mig riktigt rädd härinne…"

Och så pekade hon på bröstet och hjärtat.

"Ack, mor, du tänker bara på att dö. Men du har ju klarat dig bra så många gånger."

"Ja, kära barn, visst har jag klarat mig, men nån gång måste det ske, och när man är sjuttio kan det ske närsomhelst. Snälla du, öppna det andra fönstret också, så blir det mer luft här, och då brinner det bättre också. Titta bara så det ryker, det verkar som om den vill slockna..."

"Det är därför att solen skiner rätt på den..."

"Ge mig sen litet av de gröna dropparna, som Dörrskan har kommit med. Litet hjälper det allt."

Lene gjorde som hon blev tillsagd, och den sjuka föreföll verkligen ha blivit bättre och lättare till sinnes efter att ha tagit sina droppar. Hon satte handen mot sängen så att hon kom att sitta högre, och när Lene hade lagt ännu en kudde bakom korsryggen, sade hon: "Har Franke redan varit här?"

"Ja, tidigt på morgonen som vanligt. Han hör sig alltid för, innan han går till fabriken."

"Det är en god människa."

"Ja, det är han."

"Och allt det där att han är en konventikler..."

"... måste inte innebära ett problem. Och jag tror rentav, att det är därifrån han har sina goda principer. Tror du inte?"

Den gamla log. "Nej, Lene, de kommer från Herren Gud. En del har dem, andra inte. Jag tror inte man kan få sånt från studier och uppfostran... Och har han inte sagt nånting än?"

"Jo, igår kväll."

"Och vad svarade du?"

"Jag svarade att jag tar honom, därför att jag anser att han är en ärlig och pålitlig man, som kommer att ta hand inte bara om mig utan om dig också..."

Gumman nickade införstått.

"Och när jag hade sagt det", fortsatte Lene, "tog han min hand och utropade glädjestrålande: 'Men då, Lene, då är saken klar!' Men jag skakade på huvudet och sade att så fort gick det väl inte, för det var en sak som jag måste bekänna för honom. Han frågade 'Vad?', och jag berättade för honom att jag två gånger haft ett förhållande: först … ja, du vet ju, mor … den första tyckte jag verkligen mycket om, och den andra älskade jag djupt, och mitt hjärta finns fortfarande hos honom. Men att han nu är lyckligt gift, och jag har inte återsett honom, utom en enda gång, och jag vill inte heller se honom igen. Jag var tvungen att säga allt detta till honom, som har varit så god mot oss, för jag vill inte gå bakom ryggen på nån, honom allra minst …"

"Jösses, jösses", gnydde den gamla emellanåt.

"Och sen reste han sig plötsligt och gick över till sin våning. Men han var inte arg, det såg jag tydligt. Men han ville inte att jag, som jag brukar, skulle följa med honom till förstudörren."

Fru Nimptsch hade synbarligen överfallits av en rädsla och en oro, men det gick inte att säga om det kom sig av det hon hade fått höra eller om det berodde på andnöd. Det lutade ändå åt det senare, för rätt vad det var sade hon: "Kära barn, jag ligger inte tillräckligt högt. Du måste lägga dit psalmboken."

Lene sade inte emot utan gick tvärtom och hämtade psalmboken. Men när hon kom med den, sade gumman: "Nej, inte *den*, det är den nya. Ta den gamla, den tjocka med två spännen." Och först när Lene hade kommit tillbaka med den gamla psalmboken, fortsatte hon: "Det är också för min salig mors skull, och jag var inte mycket mer än ett barn då, och min mor hade ännu inte fyllt femtio, och hon satt precis som jag och kunde inte få nån luft utan bara blängde på mig med sån rädsla i ögonen. Men så fort jag förde hennes konfirmationspsalmbok under henne, då blev hon lugn och gick bort utan ångest. Och det är så jag också vill ha det. Ack, Lene. Det är inte döden… Det är det att dö… Fint. Det hjälper."

Lene grät för sig själv, och när hon nu förstod att den gamla goda kvinnans sista stund närmade sig, sände hon efter fru Dörr och lät meddela att det stod illa till, och kunde hon kanske komma. Fru Dörr svarade tillbaka att hon skulle komma, och vid sextiden kom hon också under larm och bång, ty att tiga var inte hennes melodi, ens vid en sjukbädd. Hon stövlade in genom rummet, så att allting som låg på eller i närheten av spisen skakade och klirrade, och hon klagade på Dörr, som alltid höll till i staden när han behövdes hemma och alltid var hemma när hon bad honom fara och flyga. Så tryckte hon den gamlas hand och frågade Lene, om hon hade tagit ordentligt av dropparna.

"Ja."

"Hur mycket då?"

"Fem... fem varannan timme."

Det var för lite, försäkrade fru Dörr och uppbådade hela sin medicinska sakkunskap genom att förklara att hon hade låtit dropparna ligga fjorton dagar i solen och dra, och om de tas på rätt sätt, så är det som om vätskan bara pumpas ut i kroppen. Gamle Selke därborta i Zoo hade varit tjock som en tunna, och på ett kvarts år hade han inte sett åt sina lakan utan bara suttit i sin stol rätt upp och ned med fönstren vidöppna, men när han sen tog sina droppar fyra dagar i rad, så var det som om man trycker på en svinblåsa: det måste ses med egna ögon, allt rann ut med ens och sen var han som ett torrt skinn.

Med dessa ord hade den robusta kvinnan påtvingat gamla fru Nimptsch en dubbel dos i fingerborgen.

Lene blev naturligt nog dubbelt så ängslig av den energiska hjälp hon fick, och hon slängde sjalen runt axlarna för att ge sig iväg och hämta en läkare. Dörrskan, som annars var motståndare till doktorer, satte sig inte på tvären.

"Gå bara", sade hon, "hon har inte lång tid på sig. Titta bara här." Hon pekade på näsvingen. "Där sitter döden."

Lene gick, men hon kunde knappast ha hunnit fram till Michaelkirchplatz, innan den gamla reste sig upp ur sin halvslummer och ropade: "Lene..."

"Lene är inte här."

"Vem är där?"

"Jag, mor Nimptsch. Jag. Fru Dörr."

"Å, fru Dörr. Det är bra. Kom närmare. Här på fotpallen."

Fru Dörr var inte van att bli kommenderad, ruskade litet på sig men var alldeles för godhjärtad för att inte efterkomma befallningen. Så satte hon sig på pallen.

Och tänka sig, just som hon gjorde det, började den gamla kvinnan att tala: "Jag vill ha en gul kista med blåa beslag. Men inte för mycket…"

"Bra, fru Nimptsch."

"Och jag vill ligga på den nya Jakobikirchhof, bakom Rollkrug och en bra bit bort mot Britz."

"Bra, fru Nimptsch."

"Och jag har sparat för alla kostnader, långt innan jag hade nåt att spara. Det ligger i den översta byrålådan. Där ligger också skjortan och livstycket och ett par vita strumpor med N. In emellan där finns det."

"Bra, fru Nimptsch. Allt ska bli som ni har sagt. Var det nåt mer?"

Men gumman tycktes inte längre höra vad fru Dörr sade, och utan att ge något svar knäppte hon ihop sina händer, såg upp i taket med ett uttryck av fromhet och behag och bad: "Gud Fader i Himlen, ta henne till dig och löna henne för allt det hon har gjort för en stackars gammal gumma."

"Å, Lene", sade fru Dörr för sig själv och lade till: "Det kommer också vår käre Herre att göra, fru Nimptsch. Jag känner honom jag och har aldrig sett nån som kan mäta sig med Lene, med så gott hjärta och en sån omsorg om andra."

Den gamla nickade, och framför sig såg hon en bild som strålade av ljus.

Det gick några minuter, och när Lene kom tillbaka och knackade på dörren ut mot farstun, satt fru Dörr fortfarande på fotpallen och höll sin gamla väninna i handen. Först när hon hörde knackningarna därutifrån, släppte hon taget och gick upp för att öppna.

Lene kippade efter andan. "Han är snart här... han kommer strax."

Men fru Dörr sade bara: "Ja, de där läkarna." Och pekade på den döda.

TJUGONDE KAPITLET

KÄTHES FÖRSTA RESEBREV hade lämnas in på posten i Köln och anlände som utlovat följande dags morgon till Berlin. Det var Botho som hade adresserat kuvertet, och på ett strålande humör höll han nu i brevet som kändes rätt tjockt. Kuvertet innehöll faktiskt hela tre kort med en svag och svårtydd skrift på bägge sidor, varför Rienäcker gick ut på balkongen för att bättre kunna dechiffrera kråkfötterna.

"Låt oss se nu, Käthe."

Och han läste:

"Brandenburg an der Havel, klockan åtta på morgonen. Tåget, käre Botho, gör ett uppehåll på bara tre minuter här, men de ska inte lämnas obrukade, och i värsta fall skriver jag vidare under resans gång, så gott det nu går. Jag reser med en ung, ytterst tilldragande bankirhustru, madame Salinger, född Saling, från Wien. När hon såg att jag förvånades över namnlikheten, sade hon: 'Jo ni förstår, jag har gift mig med mitt komparativ.' Hon pratar på om såna saker hela tiden och är också på väg till Schlangenbad, trots en tioårig dotter (blond, modern brunett). Och tar färden via Köln och för att göra ett besök där, precis som jag. Barnet är välartat men inte väluppfostrat, och hon har hela tiden klättrat omkring i kupén och redan förstört mitt parasoll, vilket gjorde modern mycket generad. På stationen, där vi precis har stannat till, det vill säga just nu sätter sig tåget i rörelse igen, vimlar det av militärer, däribland Brandenburgkyrassiärerna med ett kvittengult namnchiffer på axelklaffarna, förmodligen Nikolajs. Det ser riktigt snyggt ut. Också fysiljärer var där, från trettiofemte regementet, små

137

karlar, som föreföll mig kortare än nödvändigt, även om onkel Osten alltid brukade säga att den bäste fysiljären är den som bara kan upptäckas med kikarsikte. Men jag slutar här. Den lilla ränner (tyvärr) från det ena kupéfönstret till det andra och gör det svårt att få skrivro. Och dessutom snaskar hon hela tiden på sötsaker, små tårtbitar med körsbär och pistagenötter. Det började hon med redan mellan Potsdam och Werder. Modern är alldeles för svag. Jag kommer att vara strängare."

Botho lade kortet åt sidan och försökte tyda vad som stod på det andra. Det löd:

"Hannover, klockan 12.30. I Magdeburg var Goltz på stationen och sade mig, att du hade skrivit till honom att jag skulle komma. Du är alltid så perfekt och uppmärksam. Goltz ska nu göra sina mätningar uppe i Harz, det vill säga de börjar den 1 juli. – Här i Hannover stannar vi en kvarts timme, vilken jag utnyttjar till att se torget som ligger i omedelbart anslutning till järnvägsstationen: massor av hotell och ölstugor som har byggts först sedan vi tog över, och ett av etablissemangen går helt i gotisk stil. Hannoverianerna, berättade en medresenär, kallar det för Preussiska ölkyrkan. Men det är ju rena welfiska antagonismen. Sådant svider. Men tiden kommer också *här* att läka många sår. Gud rår. – Jäntungen knaprar på, och det börjar göra mig nervös. Vart ska det barka hän? Men modern är verkligen bländande och har redan berättat *allt* för mig. Hon var också i Würzburg, hos Scanzoni, som hon dyrkar. Hennes förtroende för mig gör mig skamsen, det är rentav pinsamt. För övrigt är hon, jag kan bara upprepa det, helt och hållet comme-il-faut. Bara en sådan sak som hennes resenecessär, du skulle se! Wienarna är nog mycket överlägsna oss i sådana saker. Man märker att de har en äldre kultur."

"Underbart", skrattade Botho. "När Käthe anställer kulturhistoriska betraktelser, överträffar hon sig själv. Men alla goda ting är tre. Låt oss gå vidare."

Och så tog han det tredje kortet.

"Köln, klockan åtta på kvällen. Kommendanturen. Jag vill helst posta mitt kort här och inte vänta till Schlangenbad, där fru Salinger och jag inträffar i morgon mitt på dagen. Med mig är det bra. De båda Schroffensteins är mycket älskvärda, i synnerhet han. För övrigt får jag inte glömma att nämna, att fru Salinger hämtades upp vid stationen av ett ekipage från Oppenheims. Från och med Hamm började vår resa, som hade startat så förtjusande, att kännas i viss mån besvärlig och onjutbar. Jäntan känner sig inte väl till mods, och det är tyvärr moderns fel. 'Vad vill du mera ha?' frågade hon sedan tåget just hade passerat stationen i Hamm, varpå barnet svarade: 'Karameller.' Och från den stunden blev allt så otrevligt... Å, käre Botho, ung eller gammal, våra önskningar måste dock ständigt underkastas en sträng och samvetsgrann disciplin. Den tanken har upptagit mig ända sedan dess, och att jag mötte denna älskvärda kvinna var kanske ingen slump i livet. Hur ofta har jag inte hört Kluckhuhn tala i dessa banor. Han har rätt. Mer i morgon. Din Käthe."

Botho lade tillbaka korten i kuvertet och sade: "Det är Käthe rätt igenom. Vilken talang hon har för småprat! Och jag borde väl vara tacksam för att hon skriver som hon gör. Men det är nånting som fattas. Hon gör det helt utan att anstränga sig, allt är som ett eko av vad andra säger. Men hon kommer att ändra sig, när hon väl har fått sina plikter. Förhoppningsvis. I alla fall tänker jag inte ge upp hoppet."

Följande dag fick han ett kort brev från Schlangenbad. Där stod så väldigt mycket mindre än på de tre korten. Från och med nu skrev hon bara två gånger i veckan och kom med skvaller om Anna Grävenitz och om Elly Winterfeld, som äntligen infann sig, men för det mesta om madame Salinger och den förtjusande lilla Sarah. Det var samma omdömen som tidigare. Först i slutet av den tredje veckan kunde man ana ett skiftande tonläge: "Nu finner jag dottern mera charmerande än modern. Denna hänger sig åt en klädlyx som jag anser närmast opassande, i synnerhet som det knappast finns några herrar här. Och nu ser jag hur hon målar sig, framförallt ögonbrynen och kanske också läpparna, som är röda som körsbär. Men barnet är mycket naturligt. Var gång hon ser mig kastar hon sig våldsamt mot mig och kysser mig på handen och ursäktar sig för hundrade gången för karamellerna, 'men det var mammas fel', vilket jag bara kan instämma i. Å andra sidan måste det finnas ett nedärvt drag av snaskare i Sarahs natur, jag skulle säga nästan som en arvsynd (tror du på arvsynden? – det gör jag, käre Botho), för hon kan inte avstå från sötsakerna, och hon köper sig hela tiden våfflor men inte av den där berlinsorten, de smakar som skumpuffar, utan av karlsbadsorten med strössel på. Mer berättar jag inte i brevform. När vi ses igen, vilket kan bli mycket snart (ty jag skulle gärna vilja resa tillsammans med Anna Grävenitz, man vill ju helst vara tillsammans med någon av de egna), talar vi vidare om saken och om annat också. Å, jag gläder mig så åt att få ha Dig igen och att få sitta tillsammans med Dig på balkongen. Det finns inget vackrare ställe än Berlin. När solen går ned bakom Charlottenburg och Grunewald och man blir trött och börjar drömma, är det inte ljuvligt? Vet Du vad fru Salinger sade till mig igår? Hon sade att jag har blivit ännu blondare. Du ska få se. Som alltid, Din Käthe."

Botho skakade på huvudet och log. "Förtjusande liten kvinna. Om sin kur skriver hon inte ett ord. Jag gissar att hon har färdats omkring i vagn och inte tagit så mycket som tio bad ens." Efter denna monolog gav han några förhållningsorder till kalfaktorn som just kom in i rummet. Sedan tog han vägen genom Tiergarten och Brandenburger Tor och därefter längs Unter den Linden bort mot kasernerna, där han hade tjänst fram till middag. När han återvänt hem strax efter tolv och tänkte dra sig tillbaka efter en enklare måltid, anmälde kalfaktorn "en herre… en man" (han var osäker på titulaturen), som stod därute och önskade sig ett samtal med herr baronen.

"Vem är det?"

"Gideon Franke… Så sade han själv."

"Franke? Märkligt. Aldrig hört talas om. Släpp in honom."

Kalfaktorn avlägsnade sig, medan Botho upprepade: "Franke…

Gideon Franke... Aldrig hört talas om. Känner honom inte."

Några sekunder senare kom besökaren in i rummet och gjorde en stram hälsning från dörröppningen. Han bar en svartbrun rock som var knäppt ända upp till kragen, hade överdrivet polerade stövlar och ett glänsande svart hår som var slätkammat åt bägge sidorna. Till detta svarta handskar och höga, otadligt vita fadermördare.

Botho gick fram till honom med en chevaleresk artighet, som var så karakteristisk för honom, och sade: "Herr Franke?"

Denne nickade.

"Varmed kan jag stå till tjänst? Får jag be er att slå er ned... Här... Eller kanske där. Såna där stoppade stolar är alltid rätt obekväma."

Franke log instämmande och satte sig på en rottingstol som Botho hade erbjudit honom.

"Varmed kan jag stå till tjänst?" upprepade Rienäcker.

"Jag kommer med en fråga, herr baron."

"Det ska bli mig ett nöje att besvara den, förutsatt att jag kan ge er ett svar."

"Å, ingen kan göra det bättre än ni, herr von Rienäcker... Jag kommer nämligen på grund av Lene Nimptsch."

Botho studsade.

"Och vill genast tillfoga", fortsatte Franke, "att det inte är nånting obehagligt som har fört mig hit. Inget av vad jag har att säga eller, om ni så tillåter, herr baron, att fråga om kommer att utsätta er eller ert hus för nåt som helst besvär. Jag vet att nådig frun, friherrinnan, är bortrest, och jag har sett till att jag skulle finna er ensam eller, om jag så får säga, som gräsänkling."

Botho hörde genast att den som talade, trots sin småborgerliga utstyrsel, var en frimodig man med oförvitlig karaktär. Det hjälpte honom snabbt ur hans förvirring, och han hade i stort sett återvunnit sin sinnesnärvaro och sitt inre lugn, när han vände sig över bordet och frågade: "Är ni en släkting till Lene? Ni får ursäkta, herr Franke, att jag nämner min gamla väninna med det namnet som är så kärt för mig."

Franke bugade sig och svarade: "Nej, herr baron, ingen släkting, den ställningen har jag inte. Men den är kanske inte sämre för det. Jag känner Lene sedan en tid och har för avsikt att gifta mig med henne. Hon har också gett sitt samtycke men samtidigt berättat för mig om sitt tidigare liv och talat om er med en sån stark tillgivenhet, att jag omedelbart bestämde mig för att uppsöka er och fråga, öppet och utan omsvep, vad jag bör anse om Lene. När jag berättade det för henne, blev hon synbart rörd och stärkte mig i min avsikt, men tillfogade att jag kanske ändå borde avstå, därför att ni skulle tala alldeles för väl om henne."

Botho stirrade rakt framför sig och hade all möda i världen att hålla tillbaka sin egen rörelse. Till slut blev han herre över sig själv igen och sade: "Ni är en förträfflig person, herr Franke, som vill Lene allt gott, så mycket kan jag se och höra, och därför förtjänar ni ett ärligt svar. Jag vet vad jag ska säga er, frågan är bara hur. Det är väl bäst att jag berättar hur det hela började och hur det fortsatte och hur det tog slut."

Franke bugade sig än en gång till tecken på att han varav samma mening.

"Ja", började Botho, "det har väl gått tre år nu, och kanske några ytterligare månader, sen jag under en roddtur utanför Kärleksön vid Treptow kom att göra två flickor en tjänst genom att rädda deras båt från att kapsejsa. En av flickorna var Lene, och sättet som hon tackade på fick mig genast att inse, att hon inte var som alla andra. Där fanns inte ett spår av tomma ord, och inte senare heller, vilket jag är angelägen om att understryka. För hur livad och ibland nästan uppspelt hon än kan vara, så är hon till sin natur eftertänksam, allvarlig och enkel."

Botho föste mekaniskt brickan som fortfarande stod på bordet åt sidan, sopade rent bordsduken och fortsatte: "Jag bad att få göra sällskap med henne hem, och hon gick utan vidare med på det, vilket gjorde mig nästan förvånad under några korta ögonblick. För jag kände henne ju inte än. Men mycket snart förstod jag vad som låg bakom: hon hade redan som ung vant sig vid att handla självständigt, utan större hänsyn till vad människor skulle säga och i vart fall utan att oroa sig för vad de skulle tycka."

Franke nickade.

"Så gick vi tillsamman den långa vägen till hennes bostad, och jag blev så intagen av allt jag såg, den gamla kvinnan, spisen som hon satt bredvid, trädgården som huset låg i, denna avskildhet, detta lugn. Efter nån kvart bröt jag upp, och när jag tog farväl av Lene därute vid grinden till trädgården, frågade jag om jag fick komma tillbaka, och hon svarade med ett enkelt 'Ja'. Där fanns ingenting av falsk blygsamhet, än mindre av okvinnlighet. Tvärtom, det låg någonting rörande i hennes väsen och i hennes röst."

Rienäcker blev uppenbart tagen när han återerinrade sig allt detta, han reste sig upp och öppnade de bägge balkongdörrarna, som om det hade blivit för varmt inne i rummet. Sedan fortsatte han att tala, i ett snabbare tempo, medan han gick fram och tillbaka över golvet: "Det finns knappast något att tillägga. Det här hände vid påsk. Under hela sommaren upplevde vi vår allra lyckligaste tid. Ska jag gå in närmare på det? Nej. Och sen kom livets hårda realiteter, allt som fordrades av oss. Det var det som skilde oss åt."

Botho hade under tiden återtagit sin plats, och Franke, som hade varit fullt upptagen med att släta till sin hatt, sade med svag stämma: "Ja, det är så hon har berättat det för mig också."

"Annorlunda kunde det inte heller vara, herr Franke. För Lene – och det gör mig också gott att kunna säga detta – hon far inte med osanning och hon biter hellre tungan av sig än att hon skulle till att skarva. Hon har en dubbel stolthet: att kunna leva av sina händers arbete och att kunna tala oförblommerat, inte komma med undanflykter, inte förstora eller förminska. 'Jag behöver det inte, och jag *vill* det inte', har jag hört henne säga så många gånger. Ja, hon har en alldeles egen vilja, kanske lite mer än vad som är bra för henne, och den som vill klandra henne kan säga att hon är envis. Men det enda hon vill är det hon tror sig själv kunna ta ansvar för och faktiskt också tar ansvar för, och en sån vilja, menar jag, det är nånting annat än självrättfärdighet, det är karaktär. Ni nickar, och jag förstår att vi ser det på samma sätt. Det gläder mig uppriktigt. Bara ett slutord, herr Franke. Vad som har varit har varit. Om ni inte kan bortse från det, så måste jag respektera er. Men om ni kan, så säger jag er, att ni får en sällsynt god hustru. För hon har hjärtat på rätta stället och en stark känsla för plikt och rättvisa och ordning."

"Så har jag också alltid uppfattat Lene, och jag lovar att hon ska bli mig en sällsynt god hustru, som herr baron just sade. Ja, människan ska hålla sig till budorden, *alla* budord, men det är ändå en skillnad på budord och budord, och den som inte håller *det ena*, han kan fortfarande duga, men den som inte håller *det andra*, även om de står intill varandra i katekesen, han duger inte och är förtappad från början och nås inte av Guds nåd."

Botho såg på honom med förundran och visste av allt att döma inte vad han skulle dra för slutsats av denna högstämda utläggning.

Men Gideon Franke, som nu hade fått upp ångan, brydde sig inte om vilket intryck som hans helt och hållet hemmasnickrade uppfattningar gjorde och gick vidare med vad som mer och mer började likna en predikan: "Och den som i sin köttsliga svaghet bryter mot det sjätte, honom kan man förlåta, om han ångrar sig och ändrar sin vandel, men den som bryter mot *det sjunde*, han visar inte bara sin kropps svaghet, han visar också hur lågt hans själ har sjunkit, och den som ljuger och bedrar och bakdantar och bär falskt vittnesbörd, han är i grunden fördärvad, han är född av mörkrets makter, utan hopp om frälsning, och han liknar en åker där nässlorna har grävt sig så djupt, att det inte spelar nån roll hur mycket sund säd man sår: ogräset skjuter ändå ständigt nya skott. För den övertygelsen lever och dör jag, och den har jag också fått bekräftad under alla mina levnadsdagar. Ja, herr baron, det handlar om anständighet, hederlighet, integritet. Och det gäller också i äktenskapet. För ärlighet varar längst, man måste kunna lita på ett ord. Men det som har varit har varit, över detta råder Gud. Om jag skulle vara av en annan uppfattning, vilket jag också kan respektera, precis som ni gör, herr baron, då måste jag dra mig tillbaka och inte börja tala om kärlek och dragningskraft. Jag var länge där borta in the States, och även om inte allt som glimmar är guld, vare sig där eller här, så är det ett *faktum* att man där lär sig att se annorlunda på saker och ting och inte alltid genom samma glasögon. Man lär sig också att många vägar leder till saligheten och många vägar leder till lyckan. Ja, herr baron, det finns många vägar som leder till Gud, det finns många vägar som leder till lyckan, och detta känner jag djupt i min själ. En väg kan vara lika bra som en annan. Men den goda vägen måste också ligga i öppen dag och leda framåt och belysas av solen, och den får inte gå över moras eller träsk eller upplysas av irrbloss. Allt kommer an på vad som är sant, vad som går att lita på och vad som är ärligt."

Franke hade rest sig upp från stolen medan han talade, och Botho följde honom som artig värd till dörren och räckte honom handen.

"Och nu, herr Franke, innan vi tar adjö: får jag be om en hälsning till fru Dörr, om ni ser henne och om hon fortfarande finns med i bilden, och framförallt till gamla goda fru Nimptsch. Har hon fortfarande sin gikt och sina 'vedagar' som hon alltid klagade över?"

"Det är över nu."

"Vad menar ni?" frågade Botho.

"Vi begravde henne för tre veckor sen, herr baron. Just idag för tre veckor sen."

"Begravde?" upprepade Botho. "Var då?"

"Bortanför Rollkrug, på nya Jakobikirchhof... En fin gammal kvinna. Och som hon tydde sig till Lene. Ja, herr baron, fru Nimptsch är död. Men fru Dörr, *hon* lever än." Han skrattade. "Och hon kommer att leva länge. När hon nån gång kommer på besök, för hon har en lång väg att gå, då ska jag framföra mina hälsningar. Hon kommer att bli riktigt glad, herr baron. Ja, hon är ju som hon är, fru Dörr..."

145

Gideon Franke lyfte än en gång på hatten, och dörren bakom honom gick i lås.

TJUGOFÖRSTA KAPITLET

NÄR RIENÄCKER BLIVIT ensam igen, var han alldeles omtöcknad av detta sammanträffande och framförallt av allt det han hade fått höra mot slutet. Om han någon gång under de här åren hade tänkt tillbaka på det lilla huset i trädgården och människorna som bodde där, hade han naturligtvis föreställt sig det som det en gång hade varit, men nu var allt förändrat, och han hade att finna sig till rätta i en helt ny värld: i det lilla huset bodde främlingar, om där bodde några alls, i kaminen fanns det ingen eld, åtminstone inte dagarna i ända, och fru Nimptsch, som hade passat elden, var död och begraven, ute på Jakobikirchhof. Allt det där passerade revy för honom, och plötsligt kom han ihåg den dag då han hade lovat den gamla kvinnan, till hälften humoristiskt, till hälften högtidligt, att lägga en krans av immorteller på hennes grav. I det nervösa tillstånd som han befann sig i kände han det närmast som en lättnad, att han hade kommit att tänka på sitt gamla löfte, och så beslöt han sig för att infria det. "Rollkrug, och så detta skarpa solsken mitt på dagen – det är som att gå över ekvatorn. Men den kära gamla måste få sin krans."

Strax därpå tog han hatt och käpp och begav sig iväg.

I gathörnet låg en droskstation, visserligen i det mindre formatet, och skylten "Plats för tre droskor" signalerade att det förvisso fanns plats men högst sällan några droskor. Så var det också idag, vilket knappast var ägnat att överraska med tanke på middagstimmen (då droskorna överallt hade en tendens att uppslukas av jorden) och själva platsen som trots allt bara existerade till namnet. Botho vandrade vidare, till dess han kom i närheten av Von-der-Heydt-Brücke och fångade upp ett tämligen skraltigt åkdon, ljusgrönt med röda plyschsitsar och en skimmel förspänd. Skimmeln tog sig fram så långsamt, att Rienäcker inte kunde underlåta sig ett vemodigt leende med tanke på den "tripp" som förestod den arma kraken. Men så långt han kunde skåda fanns inget bättre ekipage i sikte, så han gick fram till kusken och sade: "Till Rollkrug. Jakobikirchhof."

"Till er tjänst, herr baron."

"Men på vägen dit får vi stanna till. Jag måste nämligen köpa en krans."

"Till er tjänst, herr baron."

Botho blev rätt förvånad av att så pass omgående bli tilltalad med sin titel, inte bara en utan två gånger. Han sade:

"Känner ni mig?"

"Till er tjänst, herr baron. Baron Rienäcker, Landgrafenstrasse. Precis vid taxiplatsen. Jag har kört er flera gånger." Under tiden hade Botho stigit in i fordonet för att försöka göra det bekvämt för sig i ena hörnet av det plyschförsedda sätet, men han gav strax upp. Därinne var hett som i en ugn.

Rienäcker hade lagt sig till med en trevlig och vederkvickande vana, att prata med personer från folket snarare än de "bildade" klasserna, och medan de tog sig fram i de späda kanalträdens halvskugga, slängde han ur sig: "Vilken hetta! Er skimmel skulle inte ha glatt sig om han hade hört mig säga Rollkrug."

"Nå, Rollkrug går väl an. Vägen dit går ju över heden. När han går där och känner barrträdsdoften, då blir han på riktigt gott humör. Han kommer från landet nämligen... Eller kanske är det musiken. I varje fall spetsar han alltid öronen."

"Det var det värsta", sade Botho. "Fast dansa ser han inte direkt ut att vilja... Men var kan vi nu köpa kransen? Jag vill inte gärna komma utan krans till kyrkogården."

"Det blir tid nog till det också, herr baron. När vi kommer närmare kyrkogården, från Hallesches Tor och sedan utmed Pionierstrasse."

"Ja, ja, ni har rätt. Nu minns jag…"

"Och därefter finns det några till, ända tills man kommer fram till själva kyrkogården."

Botho log. "Ni kommer från Schlesien, eller hur?"

"Ja", sade kusken. "De flesta kommer därifrån. Men jag har bott länge här, så jag är väl i alla fall till hälften riktig berlinare."

"Och ni reder er bra?"

"Nå, bra skulle jag inte säga. Allt kostar för mycket, och bara det bästa går an. Havret kostar. Bara man inte råkade ut för olyckor. Men det gör man hela tiden, ena dagen är det en vagnsaxel som går sönder, nästa dag är det en häst som stupar. Jag har en fux till hemma som har tjänstgjort hos Fürstenwaldulanerna, en välskött häst, men han har svårt att andas och orkar nog inte mycket längre. Så är han borta… Och sen trafikpolisen. De blir aldrig nöjda, är det inte det ena så är det det andra. Alltid måste man måla om. Plyschen är inte heller billig."

De hade suttit och pratat medan de for längs kanalen, till dess de kom fram till Hallesches Tor. Från Kreuzberg hörde de nu den kraftiga musiken från en infanteribataljon, och Botho skyndade på kusken, eftersom han inte ville riskera att möta någon som han kände. I ett huj passerade de Belle-Alliance-Brücke, men så fort de var över på andra sidan, bad Botho om halt, eftersom han på ett av de första husen hade fäst sig vid orden "Trädgårdsmästeri och Handelsträdgård". Tre eller fyra trappsteg ledde upp till en butik. I ett stort skyltfönster låg ett antal kransar till beskådande.

Rienäcker klev ur droskan och gick uppför trappan. När dörren öppnades, gav den ifrån sig en skarp ringsignal.

"En riktigt fin krans, har ni det?"

"För begravning?"

"Ja."

Det svartklädda butiksbiträdet, som i hela sin uppenbarelse på ett smått absurt sätt påminde om en av ödesgudinnorna (inte ens saxen saknades), vilket möjligen kunde förklaras av att det i butiken i första hand såldes just kransar till begravningar, kom strax tillbaka med en krans av vintergröna med vita rosor inflätade. Hon beklagade att hon inte hade någonting annat än vita rosor. Kamelior hade passat bättre. Botho förklarade sig nöjd och gjorde inga invändningar men undrade, om han inte också kunde få en krans med immorteller.

Flickan i butiken blev något ställd av ett så otidsenligt önskemål men sade att det nog kunde gå för sig, och inom kort var hon tillbaka med en kartong, där det låg fem-sex immortellkransar: gula, röda, vita.

"Vilken tycker ni jag ska ta?"

Biträdet log: "Immortellkransar har kommit helt ur modet. Vintertid, på sin höjd ... Och rätt sällan då också ..."

"Den här passar bäst, jag bestämmer mig direkt för den." Och så tog han den gula som låg närmast till och hängde den över armen, bad att man skulle bära ut den med vintergröna och vita rosor och skyndade sig tillbaka till droskan. Båda kransarna var ganska stora och iögonenfallande, där de låg på det röda plyschsätet, och Botho undrade om han inte borde ha gett dem till kusken istället. Men han undertryckte snabbt denna impuls och sade: "Om man vill hedra gamla fru Nimptsch med en krans, kan man inte slingra sig undan. Skäms man för det, så borde man inte ha lovat nånting alls."

Således lät han kransarna ligga där de låg och glömde nästan helt och hållet bort dem. Samtidigt kom han in i en bebyggelse som fångade hela hans uppmärksamhet genom sitt färgglada, här och var groteska sceneri. Några hundra meter på höger sida om vägen sträckte sig ett plank, och bakom detta såg man bodar, paviljonger och upplysta portvalv med skyltar av allehanda slag. De flesta var av sent eller mycket sent datum, medan en del, särskilt de största och färggrannaste, hade bra många år på nacken, och även om de bleknat något, hade de klarat sig undan föregående års störtregn. Mitt bland dessa nöjeslokaler hade ett antal hantverkare slagit sig ned med sina verkstäder, huvudsakligen skulptörer och stenhuggare. De ställde för det mesta ut kors, pelare och obelisker, naturligt nog med tanke på de många kyrkogårdar som fanns i närheten. Allt detta kunde inte undgå att göra intryck på den som for förbi, och Rienäcker var inget undantag. Han blev bara mer och mer nyfiken, där han satt i droskan och mönstrade den ändlösa raden av reklamaffischer som stod i sådan bjärt kontrast till varandra: "Fröken Rosella, underbarnet, livs levande"; "Gravstenar slumpas bort"; "Amerikanskt fotografi – framkallning på platsen"; "Rysk bollkastning – sex kast för tio pfennig"; "Svensk punsch med våfflor"; "Figaros vackraste klippning eller världens bästa frisersalong"; "Schweizisk skjutbana:

> Skjut snabbt och sikta väl,
> Träffa rätt som Wilhelm Tell."

Och därunder fanns Tell själv med armborst, son och äpple.

Äntligen hade man nått slutet på det långa träplanket, och just där det upphörde, gjorde vägen en tvär böj i riktning mot Hasenheide. Från övningsplatsen kunde man höra gevärsknatter i middagsstiltjen. Annars fortsatte folklivet som tidigare: Blondin, iklädd endast baddräkt med medaljer, balanserande på en lina och belyst av fyrverkerier, omgiven av plakat som annonserade ballonguppstigningar och dansunderhållning. På ett av dessa stod det: "Siciliansk natt. Klockan två Wiener Bonbonwalzer."

Botho, som inte hade varit i de här trakterna på år och dag, läste allt detta med oförställt intresse. Sedan han hade passerat "Heden", där han fick svalka under några minuter, kom han in på huvudgatan i en livligt trafikerad förstad som sträckte sig ända bort till Rixdorf. Vagnar framför honom for två eller tre i bredd, men med ens stannade allt upp i en trafikstockning. "Varför blir vi stående?" Men innan kusken hade hunnit svara, hörde Botho svordomar och skällsord där framme och förstod att man hade kört in i varandra. Botho böjde sig ut och såg sig nyfiket åt alla håll, och med tanke på hans förkärlek för det folkliga skulle hela intermezzot säkert ha berett honom mera nöje än förtrytelse, om det inte varit så att en vagn som hade stannat rätt framför honom både genom sin last och sin skyltning hade fått honom på dystra tankar. "Trasigt glas köps och säljs av Max Zippel i Rixdorf", stod det med stora bokstäver på bakstycket, och ett helt berg av glasskivor tornade upp sig på flaket. "Lycka och glas..." Han betraktade detta med den yttersta motvilja, och det var som om hans fingertoppar hade sönderskurits av glasskärvor.

Äntligen satte sig karavanen i rörelse, men inte nog med det: skimmeln gjorde sitt bästa för att ta igen förlorad tid, och efter en liten stund stannade man till vid ett hörnhus, byggt i en sluttning, med högt tak och utskjutande gavel, vars fönster på nedervåningen låg nästan i nivå med gatuplanet. En järnarm stack ut från gaveln, och från den hängde en förgylld nyckel med låsdelen uppåt.

"Vad är detta?" frågade Botho.

"Rollkrug."

"Utmärkt. Då är vi snart framme. Uppför kullen bara. Gör mig ont om skimmeln, men det hjälps inte."

Kusken gav hästen en snärt, och strax därpå befann de sig på en väg med måttlig stigning. På ena sidan låg gamla Jakobikirchhof, som nu var fullbelagd och därför till hälften stängd, medan höga hyreskaserner reste sig på andra sidan, mitt emot kyrkogårdsmuren.

Framför den sista byggnaden stod ett par gatumusikanter, med horn och harpa, man och hustru till synes. Kvinnan sjöng också, men vinden som var rätt kraftig här tog ljudet med sig uppför kullen, och Botho kunde inte uppfatta vare sig text eller melodi, innan han hade farit förbi det stackars musikantparet och sedan fortsatt vägen uppåt. Det var samma sång som de hade sjungit den där gången, när de var så lyckliga och uppspelta under hela vägen tillbaka från Wilmersdorf, och han reste sig och tittade tillbaka på musikanterna, som om någon hade ropat på honom. De stod med ryggen mot honom och märkte ingenting, men en söt tjänsteflicka, som höll på att putsa fönstren på husets gavelsida och som trodde att den unge officerens blickar gällde henne, vinkade glatt med sina putsdukar från fönstret och sjöng kavat med: "Jag tänker på dig, jag tackar dig för det du gav, men *du* soldat, tänker du på samma sätt som jag?"

Botho kastade sig tillbaka i vagnen med handen mot pannan, och han greps av en känsla som var både oändligt ljuv och oändligt smärtsam. Men det var smärtan som tog överhanden, och den höll i sig ända till dess de hade lämnat staden bakom sig och kunde ana Müggelberge vid horisonten i det blåa middagsdiset.

Till slut var de framme vid den nya Jakobikirchhof.

"Ska jag vänta?"

"Ja. Men inte här. Nere vid Rollkrug. Och om ni ser musikanterna... här, ge det till den stackars kvinnan."

TJUGOANDRA KAPITLET

VID INGÅNGEN FICK Botho syn på en gammal kyrkogårdsarbetare som visade honom vägen. Han fann fru Nimptschs grav i gott skick: rankor av murgröna hade planterats, en pelargonia stod mitt i all växtligheten, och på en järnställning hängde en krans av immorteller. "Ah, Lene", sade Botho för sig själv. "Alltid samma Lene… Jag kommer för sent." Sedan vände han sig om till den gamle som stod alldeles intill honom: "Det måste ha varit en liten begravning."

"Jo, nog var den liten."

"Tre eller fyra?"

"Fyra var de. Plus vår gamle superintendent förstås. Han bad bara en bön, och den stora medelålders kvinnan som var med, kring de fyrtio eller så, hon grät hela tiden. Och där var även en ung kvinna. Hon kommer hit varje vecka, och förra söndan hade hon med den där pelargonian. Det ska bli en sten också. Modernt nuförtiden. Grönpolerad med namn och datum."

Och därmed drog sig gamlingen tillbaka med en artighet som alla kyrkogårdsarbetare lagt sig till med. Botho hängde sin immortellkrans bredvid Lenes, och den som var gjord av vintergröna och vita rosor lade han runt pelargonian. Sedan gick han därifrån, och efter att ha betraktat den enkla graven än en gång och ägnat den goda fru Nimptsch några varma tankar, gick han mot utgången. Den gamle, som hade återupptagit sitt arbete med spaljéerna, såg efter honom med mössan i handen och undrade vad som hade fört en så förnäm herre – han tvivlade inte på att han var förnäm, efter att ha känt hans handslag när de tog adjö av varandra – till en gammal fattig kvinnas grav. "Det måste vara något alldeles speciellt. Inte lät han droskan vänta på sig heller." Men han kunde inte reda ut vad det var, och för att visa sin egen ringa erkänsla tog han en av vattenkannorna som stod i närheten och gick först bort till den lilla gjutjärnsbrunnen och sedan till fru Nimptschs grav för att vattna på murgrönan som hade börjat torka i solgasset.

Botho å sin sida hade återvänt till droskan som stod parkerad just utanför Rollkrug. Han steg in, och efter en timme var de framme vid Landgrafenstrasse. Kusken hoppade av och öppnade tjänstvilligt vagnsdörren. "Varsågod", sade Botho. "Och här är det extra. Det var ju en halvdagsfärd."

"Föralldel, man kan nog också se det som en heldags."

"Jag förstår", skrattade Botho. "Då får jag väl lägga på lite."

"Det skadar inte... Hjärtligt tack, herr baron."

"Men ge nu skimmeln lite mer foder från mig. Han ser bedrövlig ut."

Och så tog han adjö och gick uppför trappan.

*

I våningen rådde tystnad. Tjänstefolket hade försvunnit – de visste att han vid den här tiden på dygnet brukade vara på klubben. Åtminstone sedan han blev gräsänkling. "Det går inte att lita på dem", morrade han förargat för sig själv. Ändå uppskattade han ensamheten. Han ville inte träffa någon människa och slog sig ned på balkongen för att drömma sig bort. Men det var kvalmigt under den neddragna markisen, med mängden av långa blå-vita fransar som hängde ned från den, och så reste han sig från stolen för att dra upp den stora linneduken. Det hjälpte. Han andades ut och mådde väl av frisk luft som strömmade emot honom, och från balustraden såg han ut över skogarna och fälten ända bort till slottskupolen i Charlottenburg, vars malakitfärgade koppartak glänste starkt i eftermiddagssolen.

"Bortanför ligger Spandau", sade han till sig själv. "Och bortom Spandau finns det en banvall och ett järnvägsspår som går ända ned till Rhen. På det där spåret ser jag ett tåg med många vagnar. I en av dem sitter Käthe. Hur tar hon sig ut? Nå, bra. Säkert. Och vad sitter hon och pratar om? Jag kan tänka mig: alla pikanta kurortshistorier, fru Salingers kläder, hur bra man har det här i Berlin, bättre än nån annanstans. Bör jag inte vara glad att hon snart är här? En så stilig hustru, så ung, så lycklig, så gladlynt? Visst gläder jag mig. Men *idag* får hon inte komma. För Guds skull. Fast kan man då inte förvänta sig vad som helst av henne? Hon har inte skrivit på tre dar, och hon gillar att överraska."

Han försjönk i sina tankar ännu en stund. Så tog de en ny riktning. Istället för Käthe dök reminiscenser från förr upp: den Dörrska trädgården, promenaden till Wilmersdorf, utflykten till Hankels Ablage. Det var den sista fina dagen vi hade tillsammans, den sista stunden då vi var lyckliga... "Hon sade att ett hårstrå skulle binda oss alltför fast samman, det var därför hon vägrade och ville avstå. Och jag? Varför insisterade jag? Ja, det finns såna gåtfulla krafter, en sån himmelsk eller helvetisk dragning människor emellan, och nu är jag fångad och kan inte komma loss. Ack, hon var så underbar och fin den där eftermiddagen, när vi fick vara bara för oss själva och inte behövde riskera att bli störda, och jag ska aldrig glömma när hon stod mitt uppe i havet av gräs och plockade blommor till höger och vänster. De där blommorna – dem har jag fortfarande. Men jag måste göra mig av med dem. Vad ska jag med dessa döda ting, som bara inger mig ängslan och som skulle kosta mig den husfrid och den lilla lycka jag kan få, om någon utomstående skulle få syn på dem?"

Och han reste sig från sin plats på balkongen och gick till sitt arbetsrum, som låg i andra ändan av våningen. På morgnarna flödade solen in från gårdsplanen, men nu låg rummet i djup skugga. Han njöt av svalkan och gick fram till ett elegant skrivbord, som härstammade från hans ungkarlstid. Skrivbordet hade lådor av ebenholts med små inläggningar i silver. Mellan lådorna fanns ett litet frontonförsett pelartempel att förvara värdesaker i. Det hade ett lönnfack som förslöts med en fjäder. Botho tryckte på fjädern, och när facket öppnade sig, tog han ut en liten brevbunt som var inslagen med ett rött snöre. Ovanpå breven låg de där blommorna som han just hade tänkt på och som verkade ha lagts dit vid ett senare tillfälle. Han vägde bunten i handen, och medan han knöt upp snöret, sade han för sig själv: "Så stor glädje, så mycket lidande. Förvillelser och irrvägar. Den gamla vanliga visan."

Han var ensam och väntade sig inga överraskningar. Men han kände sig ändå inte på den säkra sidan och gick därför bort och låste dörren om sig. Först nu tog han upp det brev som låg överst och började läsa. Det var brevet hon hade skrivit innan de gick ut mot Wilmersdorf, och med rörelse upplevde han på nytt allt det han då hade markerat i marginalen. "Tänk, alla dessa små onödiga bokstäver som hon sätter ut, det är så älskvärt och bättre än all ortografi i världen. Och hennes handstil är så tydlig. Det är roligt och rörande det hon skriver. Hon hade verkligen en fin blandning av klokhet och passion. I allt hon sa gav hon uttryck för sin personlighet och sitt själsdjup. All bildning kommer här på efterkälken."

Han tog upp det andra brevet och ville gå igenom vad hon hade skrivit, från början till slut. Men det blev för mycket för honom. "Vad tjänar det till? Varför återuppväcka och återskapa det som är dött och som måste förbli dött? Jag måste röja upp med allt detta och får hoppas att när jag gör mig av med resterna från det förgångna, så kommer det förgångna i sig självt att försvinna."

Han hade fattat sitt beslut, reste sig resolut upp från skrivbordet, flyttade på en kaminskärm och gick fram till den lilla ugnen för att bränna breven där. Och långsamt, som om han ville förlänga sin ljuva pina, kastade han det ena arket efter det andra in i lågorna. Det sista han höll i handen var den lilla buketten, och medan han stod där och grubblade fick han för sig att han skulle lösa upp hårslingan och ta alla blommorna i betraktande var för sig. Men plötsligt var det som om vidskepligheten tog fatt i honom, och så kastade han alla blommorna in i elden efter breven. De blossade upp och falnade, och så var allt över.

"Och nu är jag alltså fri... Men är det detta jag vill? Nej. Allt går upp i rök. Ändå är jag bunden."

TJUGOTREDJE KAPITLET

BOTHO STIRRADE IN i askan. "Så lite och så mycket." Och så ställde han tillbaka den eleganta skärmen, utsmyckad med en reproduktion av en väggdekoration från Pompeij. Hundratals gånger hade han låtit blicken fara över den, utan att förstå vad det var han såg, men idag förstod han det. "Minerva med sköld och spjut. Men spjutet till fots. Kanske betyder det frid... Om så vore." Sedan rätade han på sig, stängde luckan till lönnfacket som nu hade tömts på sitt viktigaste innehåll och gick in i våningen.

I en korridor, lika smal som lång, mötte han kockan och husjungfrun som precis hade återvänt från en spatsertur i Tiergarten. Han fylldes av medkänsla, när han såg hur ängsliga och generade de var, men behärskade sig och intalade sig själv, inte utan ett visst mått av ironi, att "här måste ändå statueras ett exempel". Så började han spela rollen av en mullrande Zeus. Vart hade de tagit vägen? Var det verkligen skick och fason? Han hade ingen lust att överlämna huset till nådig frun, när hon kom tillbaka (kanske redan idag), i ett tillstånd av kaos. Och kalfaktorn? "Nej, jag vill ingenting veta, ingenting höra, allra minst undanflykter." Och när detta väl var avklarat, gick han vidare och log, framförallt över sig själv. "Så lätt det är att säga vad andra ska göra och hur svårt det är att handla därefter! Jag är ju rena predikstolshelgonet. Befinner jag mig inte själv i ett tillstånd av kaos? Har jag faktiskt skick och fason? Om det bara handlade om det förflutna, men det värsta är att det gäller det som är närvarande."

Så gick han tillbaka till sin plats på balkongen och ringde. Nu var det kalfaktorn som kom, nästan ännu ängsligare och svarslösare än flickorna, men han behövde inte oroa sig, stormen var över. "Säg kockan att jag vill ha någonting att äta. Men sätt igång då. Å, jag förstår", och han skrattade, "det finns ingenting i huset. Är det inte storartat... Vi får ta te då, ge mig te, *det* finns väl ändå... Och se till att jag får ett par smörgåsar; jag är hungrig, för Guds skull... Och kvällstidningarna, har de kommit?"

"Till er tjänst, herr ryttmästare."

Det dröjde inte länge förrän teet hade serverats ute på balkongen, och där fanns också något att äta. Botho satt tillbakalutad i gungstolen och tittade tankfullt in i den svaga blåa lågan. Först tog han upp hustruns Moniteur, hennes Fremdenblatt, och därefter Kreuzzeitung och slog upp den sista sidan där. "Vad glad Käthe ska bli när hon varje dag kan läsa sistasidan precis som den har kommit från pressarna, en tolv timmar tidigare här än i Schlangenbad. Och visst har hon rätt? 'Adalbert von Lichterloh, regeringsnotarie, löjtnant i reserven, och Hildegard von Lichterloh, född Holtze, har äran tillkännage att de har ingått äktenskap.' Strålande. Det är sannerligen fantastiskt att se hur livet och kärleken parar sig. Bröllop och barndop! Och ett par dödsfall inströdda. Men dem behöver man ju inte läsa, Käthe gör det inte, inte jag heller, det är bara när vandalerna någon gång förlorar en av sina 'gamla herrar' och jag ser studentkårsemblemet mitt i dödsannonsen, då läser jag, det roar mig, och jag får alltid en känsla av att den gamle kårkämpen har slagit sig ned på Hofbräu på sin väg till Valhall. Spatenbräu passar egentligen ännu bättre."

Han lade tidningen åt sidan igen, samtidigt som det ringde på dörrklockan. "Kan det verkligen?" Nej, det var ingenting att oroa sig för, bara en teckningslista som värden hade skickat upp, där beloppet inte var större än femtio pfennig. Men hela kvällen befann han sig i ett tillstånd av spänning. Det föresvävade honom att hon skulle anlända utan förvarning, när som helst, och så fort han såg en droska svänga in på Landgrafenstrasse med en koffert i framsätet och en damhatt i baksätet, intalade han sig själv: "Det måste vara hon. Hon tycker om såna saker, och jag hör redan hennes röst: 'Jag tyckte att det skulle vara så komiskt, Botho.'"

*

Käthe hade inte kommit. Istället fick han nästa morgon ett brev, där hon meddelade att hennes ankomst blev ytterligare tre dagar fördröjd. Hon skulle återigen resa tillsammans med fru Salinger, som dock på det hela taget var en högst ämabel kvinna, humoristisk, mycket chic och med stor resvana.

Botho lade ifrån sig brevet. Att han skulle få återse sin vackra hustru om tre dagar gjorde honom med en gång uppriktigt glad. "Våra själar har plats för det som är motstridigt... Hon är flamsig, visst, men en flamsig ung hustru är bättre än ingen alls."

Därefter kallade han samman tjänstefolket och informerade dem om att nådig frun skulle vara tillbaka om tre dagar. De fick lov att ställa allt i ordning och putsa kopparn, och inte en fluglort på den stora spegeln.

När han hade vidtagit dessa anstalter, gick han till kasernen för att tjänstgöra. "Om nån frågar, är jag tillbaka vid femtiden."

Hans program för tiden fram till dess såg så ut att han fram till klockan tolv skulle befinna sig på kaserngården, därefter sitta på hästryggen under ett par timmar och sedan inta sin måltid på klubben. Om inte annat skulle han träffa Balafré där, vilket betydde whist en deux och en räcka anekdoter från hovet, sanna eller osanna. Ty Balafré, hur pålitlig han än var i andra sammanhang, gick av princip in för att sätta av en timme var dag för skryt och skrävel. Ja, denna sysselsättning gick före alla andra nöjen, ungefär som en intellektuell sport.

Det uppgjorda programmet fullföljdes till punkt och pricka. Klockan på kanslihuset slog just tolv, då han satt upp i sadeln, och efter att ha passerat först Unter den Linden och sedan Luisenstrasse slog han in på en väg, som löpte längs kanalen och förde honom vidare i riktning mot Plötzensee. Då kom han att tänka på den dag när han hade ridit omkring här och fattat mod inför avskedet från Lene, ett avsked som var både tungt och tvingande. Det var nu tre år sedan. Vad hade hänt under den tiden? Mycket roligt hade han haft förstås. Men någon äkta glädje hade det inte varit. En bonbon, inte mycket mer. Men vem kan leva av sötsaker allena! Han var alltjämt upptagen av dessa funderingar, när han lade märke till två kamrater som kom emot honom på en ridväg från Jungfernheide mot kanalen. Att det var ulaner syntes redan på håll genom deras karakteristiska fältmössor. Men vilka var det? Det skulle inte dröja länge förrän han fick det klart för sig, och innan de hade kommit på femtio meters avstånd från varandra, såg han att det var två kusiner Rexin, som båda tjänstgjorde i samma regemente.

"Å, Rienäcker", sade den äldre av dem. "Vart är ni på väg?"

"Dit där himlen tar slut."

"För långt för mig."

"Till Saatwinkel då."

"Låter höra sig. Då slår jag följe, förutsatt att jag inte är i vägen… Kurt", och därmed vände han sig till sin yngre följeslagare, "pardon, men jag måste få prata med Rienäcker. Och med tanke på omständigheterna…

"… passar det bäst om ni får vara på tu man hand. Som du vill, Bozel", och därvid tog Kurt von Rexin adjö och red vidare. Kusinen med namnet Bozel lät sin häst göra helt om och höll till vänster om Rienäcker som stod långt före honom i rangrullan. "Alltså mot Saatwinkel. Vi kommer väl inte att hamna i skottlinjen från Tegel?"

"Jag ska åtminstone försöka undvika det", svarade Rienäcker, "för min egen och för er skull. Och sen också för Henriettes. Vad skulle svarthåriga Henriette säga, om hennes Bogislaw föll, och till på köpet för ett skott från sina egna?"

"Det skulle tvivelsutan bli ett hugg i hjärtat på henne", replikerade Rexin, "och för henne och mig skulle det bli ett streck i räkningen."

"Vilken räkning?"

"Det var just det jag ville tala med er om, Rienäcker."

"Med mig? Vad gäller saken?"

"Det borde ni nog kunna gissa er till. Det är inte svårt. Jag talar förstås om ett förhållande – *mitt* förhållande."

"Förhållande!" skrattade Botho. "Nå, det kan jag stå till tjänst med, Rexin. Men uppriktigt sagt vet jag inte vad det är som gör att ni vill anförtro er åt mig. Jag är inget orakel, i vart fall inte i såna saker. Det finns långt bättre auktoriteter. En av dem känner ni väl – för övrigt nära vän till både er och er kusin."

"Balafré."

"Ja."

Rexin kände sig avspisad av detta nyktra konstaterande och försjönk i en stunds tystnad. Så långt hade Botho inte velat gå, och han tog genast upp tråden igen. "Förhållanden, Rexin, pardon, men det finns så många slags."

"Alldeles. Så många och alla är de så olika."

Botho ryckte på axlarna och han log. Men Rexin ville uppenbarligen inte än en gång styras av sina känslor och upprepade bara i likgiltig ton: "Ja, så många och alla så olika. Och det förvånade mig att se just er rycka på axlarna så där. Jag hade tänkt..."

"Nå, ut med språket."

"Jag ska."

Och efter en kort paus fortsatte Rexin: "Ni vet att jag har fått en god skolning, hos ulanerna och redan dessförinnan i Bonn och Göttingen (ni vet att jag började där ganska sent), och när det gäller det gamla vanliga, behöver jag inga goda råd och uppslag. Men om jag ska vara ärlig, så handlar det i mitt fall inte om det gamla vanliga. Det rör sig om ett undantag."

"Så säger alla."

"Kort och gott, jag känner mig engagerad, och mer än så, jag älskar Henriette, eller för att ni ska bättre förstå mina känslor: jag älskar min

svarta Jette. Ett smeknamn som kan få en att tänka på ett marketen-
teri, men det passar mig alldeles utmärkt, därför att jag vill undvika all
högstämd retorik när jag talar om detta. Jag tar det på fullaste allvar,
och eftersom jag tar det på fullaste allvar, avstår jag från vackra fraser
och fina ordvändningar. Det skulle bara bagatellisera det hela." Botho
nickade införstått, och han gjorde sig kvitt varje spår av föraktfullhet
och överlägsenhet.

"Jette", fortsatte Rexin, "är inte fallen från änglar, och själv är hon
ingen. Men var finner man dem? I våra kretsar? Det är löjligt. Alla
dessa skillnader är ju konstlade, i synnerhet när det är fråga om dygd.
Naturligtvis finns det dygd och liknande fina ting, men med oskulden
och dygden är det som med Bismarck och Moltke, de är sällsynta.
Själv har jag kommit att omfatta den åsikten, jag anser den riktig och
tänker låta vägleda mig av den så långt det går. Och hör på mig nu,
Rienäcker. Om vi istället för att rida längs denna långtråkiga kanal,
lika långtråkig och snörrät som vårt samhälles normer och formler,
jag säger er att om vi red inte längs det här eländiga diket utan längs
Sacramento och hade the diggings istället för skyttegravarna i Tegel
framför oss, så skulle jag gifta mig med Jette utan att blinka. Jag kan
inte leva utan henne, hon har fångat mig, hennes naturlighet, hennes
enkelhet och äkta kärlek uppväger tio komtessor. Men det går inte.
Jag kan inte göra det mot mina föräldrar, inte heller kan jag lämna
tjänsten tjugosju år gammal för att bli cowboy i Texas eller kypare på
en ångare i Mississippi. Kompromiss alltså …"

"Vad menar ni med det?"

"En förening utan sanktion."

"Alltså äktenskap utan äktenskap."

"Om ni så vill, ja. Jag bryr mig inte om ordet som sånt, lika lite som
legalisering, sakramentalisering eller vad det kan heta. Jag har blivit
rätt nihilistisk av mig och tror inte särskilt mycket på kyrkans välsig-
nelse. Men för att göra det helt klart, jag är för monogami, det är det
enda alternativet för mig, inte av moraliska skäl utan därför att det lig-

ger i min natur. Det är mig motbjudande med alla dessa förhållanden som så att säga ingås och upplöses vid ett och samma tillfälle, och om jag nyss kallade mig själv nihilist, så kan jag med ännu större rätt kalla mig för en filister. Jag längtar efter enklare normer, efter en lugn och naturlig livsföring, där man kan tala uppriktigt till varandra och där man får det bästa som livet kan erbjuda: ärlighet, kärlek, frihet."

"Frihet", upprepade Botho.

"Ja, Rienäcker. Jag vet givetvis, att det finns faror som lurar här och att denna lycka att få vara fri, liksom kanske all frihet, är ett tveeggat svärd, som kan såra, man vet inte hur, och det är därför jag har vänt mig till er."

"Och jag ska svara er", sade Rienäcker, som för varje ögonblick hade blivit allt allvarligare och vars eget liv genom dessa förtroenden hade passerat revy. "Ja, Rexin, jag ska svara er efter bästa förmåga, och jag tror att jag kan det. Och jag besvär er, håll er borta från allt detta. Det ni håller på med kan bara få två möjliga utfall, och det ena är precis lika illa som det andra. Om ni väljer att vara ärlig och framhärda, det vill säga om ni bryter rakt av med ert stånd, med er familj, med era traditioner, så kommer ni, även om ni inte direkt dekar ned er, att förr eller senare avsky eller bli en börda för er själv. Men väljer ni efter si och så lång tid, vilket är det vanliga, att sluta fred med er familj och er omgivning, så kommer ni att pina er själv, för då måste ni slita sönder band som har knutits och fogats samman under tider av lycka och olycka, av nöd och oro, och det senare betyder mest av allt. Och det gör ont."

Rexin tycktes vilja gripa ordet, men Botho såg det inte utan fortfor: "Käre Rexin, ni talade nyss med mönstergill diskretion om förhållanden som 'ingås och upplöses vid ett och samma tillfälle', men dessa förhållanden, om man nu kan beteckna dem som såna, är inte de värsta, utan de värsta är de, för att citera er igen, som blir rena 'kompromisser'. Jag varnar er, akta er för dessa kompromisser, akta er för halvmesyrer. Det som ser ut som en vinst leder till bankrutt, och det som verkar vara en säker hamn leder till skeppsbrott. Det medför *aldrig* något gott, även om allt till det yttre går som det ska och inga hårda ord uttalas och knappast en stilla förebråelse heller. Det kan inte vara på annat sätt. För allt vi gör får sina naturliga konsekvenser, det måste vi komma ihåg. Ingenting kan göras ogjort, och en bild som vi har begravt i vårt bröst bleknar inte så lätt, den försvinner aldrig helt och hållet. Minnena blir kvar och man kommer alltid att jämföra. Så, min vän, än en gång: ge upp det ni håller på med, annars kommer ert liv att grumlas, och ni kommer aldrig mer att få uppleva ljus och värme under hela er levnad. Mycket är tillåtet, men inte det som sårar själen, och sätt inga hjärtan på spel, även om det bara skulle vara er eget."

TJUGOFJÄRDE KAPITLET

PÅ TREDJE DAGEN ankom ett telegram som Käthe hade sänt vid sin avresa: "Kommer ikväll. K."

Och hon kom också. Botho stod på Anhalter Bahnhof och presenterades för fru Salinger, som inte alls ville veta av något tack för gott resesällskap utan tvärtom helt tiden upprepade hur glad *hon* var och framförallt hur lycklig *han* måste vara som hade en så underbar ung hustru. "Ser ni, herr baron, om jag hade turen och var gemål till en *sådan* kvinna, så skulle jag inte vara borta från henne tre dar en gång." Varpå följde klagomål på allt som hade med männens värld att göra, i kombination med en bevekande inbjudan att komma till Wien. "Vi har ett trevligt litet hus knappt en timmes resväg från Wien och ett par ridhästar och ett gott kök. I Preussen har ni goda skolor och i Wien har vi bra mat. Jag vet nästan inte vad jag föredrar."

"Jag vet", sade Käthe, "och jag tror att Botho också vet."

Så åtskildes man, och vårt unga par klev upp i en öppen vagn, sedan de hade gett besked om vart bagaget skulle sändas.

Käthe kastade sig tillbaka och tog spjärn med en av fötterna mot sätet mitt emot där det låg en jättebukett av blommor, en avskedspresent från husfrun i Schlangenbad som hade fallit pladask för den förtjusande berlinskan. Käthe tog Bothos arm och smög sig intill honom, men bara under några korta sekunder. Så rätade hon på sig igen och sade, medan hon hindrade blomsterbuketten från att falla ned från sätet med hjälp av sitt parasoll: "Det är ändå rätt charmfullt här, med alla människorna och så många flodbåtar att det knappt finns plats för dem. Och så lite damm. Jag tycker att det är en välgärning att de har börjat bevattna när de spränger på gatorna, även om man inte kan gå med långa kjolar då. Och se bara på den där brödkärran som hunden drar. Det är verkligen för komiskt. Fast kanalen… Jag vet inte, men den är fortfarande så…"

"Ja", skrattade Botho, "den är fortfarande så. Och fyra heta juliveckor har inte gjort saken bättre."

De for under nyplanterade lindar, Käthe rev av ett löv, hon lade det i sin kupade hand och slog på det så att det blev en smäll. "Så gjorde vi alltid hemma hos oss. Och i Schlangenbad, när vi inte hade något annat för oss, där gjorde vi det också, och alla lekar från barndomen kom till heders igen. Tro det eller ej, men jag tar såna där dårskaper på stort allvar, och ändå är jag en ganska gammal person, och allt det här är ett avslutat kapitel."

"Men Käthe…"

"Ja, en riktig matrona, du ska få se… Men titta nu där, Botho, där står det där trästaketet fortfarande kvar och den där weissbierlokalen med sitt komiska och rätt oanständiga namn, som vi skrattade så förfärligt åt på flickpensionen. Jag trodde att den ölhallen hade slagit igen för längesen. Men så lätt låter inte berlinarna nånting sånt gå sig ur händerna, så det håller i sig. Det viktigaste är det konstiga namnet. Det roar dem."

Botho pendlade mellan känslor av lycka och förstämning. "Jag märker att du inte har förändrat dig ett dugg, Käthe."

"Inte ett dugg. Och varför skulle jag det? Jag sändes ju inte till Schlangenbad för att bli en annan, i alla fall inte till min personlighet eller till mitt sätt att prata. Om jag har förändrat mig på nåt annat sätt? Nå, cher ami, nous verrons."

"Matrona?"

Hon hyssjade med fingret och förde undan hattfloret, som hade kommit att täcka halva ansiktet på henne, men strax därpå for de under viadukten till Potsdambanan, där ett snälltåg just tyngde mot järnbalkarna. Det dånade och skakade, och när de hade bron bakom sig, sade hon: "Det känns alltid så otrevligt att befinna sig rätt under."

"Men de där ovanför har det väl inte bättre."

"Kanske inte. Men det är nånting man får för sig. Och det man får för sig är ändå väldigt viktigt. Eller tycker du inte också det?" Hon suckade som om hon plötsligt hade gripits av något skräckinjagande. Men sedan fortsatte hon: "I England, berättade Mr. Armstrong, en person som jag lärde känna på kurorten, jag måste tala litet utförligare med dig om honom, gift med en Alvensleben för övrigt, i England begravs de döda femton fot ned i jorden. Nå, femton fot är inte värre än fem, men när han berättade det riktigt kände jag hur the clay, det korrekta engelska ordet, lade sig centnertungt på bröstet. För i England har de tunga lerjordar."

"Armstrong, sade du ... Hos dragonerna i Baden fanns det en Armstrong."

"En av hans kusiner. De är alla kusiner, precis som hos oss. Det ska bli mig ett nöje att skildra honom för dig, in i hans minsta detaljer. En fulländad kavaljer med uppstående mustascher, även om han drev det hela en smula för långt. Han såg rätt komisk ut, med de där mustaschspetsarna, som han oavbrutet tvinnade på."

Tio minuter senare stannade vagnen vid deras bostad. Botho räckte henne handen och förde henne uppför trappan. En girland omgav den stora dörren i korridoren, och en skylt hängde lite på sned från girlanden med ordet "Velkommen" textat, tyvärr felstavat. Käthe tittade upp och läste och skrattade.

"Velkommen. Men med e, bara till hälften rätt. Ack, ja. Och ä som i älska, det är kärleksbokstaven. Nåväl, då bör du väl bara få hälften av allt."

Och så gick hon genom dörren in i korridoren, där kockan och husjungfrun redan stod redo att kyssa henne på handen.

"God dag, Berta. God dag, Minette. Ja, kära barn, nu är jag tillbaka här igen. Och hur tycker ni att jag ser ut? Har jag återhämtat mig?"

Innan flickorna hade hunnit svara, vilket ingen hade räknat med att de skulle göra, gick hon vidare: "Men *ni* har återhämtat er. Särskilt du, Minette, du har lagt ut ordentligt."

Minette såg sig generat omkring, och Käthe skyndade sig att tillfoga ett hjärtligt: "Jag menar bara här om hakan och halsen."

Just då uppenbarade sig kalfaktorn. "Orth, vet ni, jag var faktiskt bekymrad för er skull. Men, Gud vare tack och lov, helt i onödan. Alldeles oförstörd är ni ju, bara det att ni har blivit lite blek om nosen. Men det är väl hettan som har gjort det. Och fräknarna som hör sommaren till."

"Ja, nådig frun, *dem* blir jag inte av med."

"Som det ska vara. Det är er rätta färg."

Medan de utväxlade dessa ord, hade hon trätt in i sängkammaren, åtföljd av Botho och Minette, under det att de två andra dragit sig tillbaka till köksregionen.

"Hjälp mig nu, Minette. Först med kappan. Sen med hatten. Men försiktigt, för annars kommer det att damma överallt. Och säg till Orth att han dukar ute på balkongen. Jag har inte fått mig en bit på hela dagen, för jag ville vänta tills jag fick äta här. Och gå nu, min vän, gå. Iväg med dig, Minette."

Minette skyndade sig med det hon höll på med och gick sedan, medan Käthe blev stående framför den höga golvspegeln och arrangerade håret som hade råkat i olag. Samtidigt hade hon blicken fästad på Bothos bild i spegeln, där han stod bredvid henne och betraktade den vackra unga kvinnan.

"Och nu, Botho", sade hon skälmskt och kokett och utan att se åt sidan på honom.

Hennes kärleksfulla koketteri hade avsedd verkan, och han omfamnade henne och hon tog emot hans smekningar. Och nu tog han henne runt midjan och lyfte henne. "Käthe, min docka, min fina docka."

"'Min docka, min fina docka', det borde jag ta illa upp för, Botho.

Med dockor leker man. Men jag tar inte illa upp, tvärtom. Sina dockor älskar man och behandlar bättre än andra. Och det är det som betyder nånting för mig."

TJUGOFEMTE KAPITLET

DET VAR EN härlig morgon med växlande molnighet, och det unga paret njöt av den milda västanvinden ute på balkongen. Medan Minette dukade av kaffebordet, såg de båda bort mot Zoo och elefanthuset, vars färgsprakande kupoler blänkte i förmiddagssolen.

"Jag vet ingenting ännu", sade Botho. "Du somnade ju på en gång, och sömnen är helig för mig. Men nu vill jag veta allt. Berätta."

"Ja, berätta. Vad ska jag berätta? Jag har ju skrivit så många brev till dig, och Anna Grävenitz och fru Salinger borde du ju känna lika bra som jag eller bättre, för då och då skrev jag mer till dig än jag faktiskt kunde veta."

"Gott. Men lika ofta skrev du: 'mer när vi ses.' Och nu är vi där, annars tror jag att du har någonting att dölja för mig. Om dina utfärder vet jag praktiskt taget ingenting, och ändå reste du väl till Wiesbaden. Visserligen sägs det att det i Wiesbaden bara finns överstar och generaler, men en eller annan engelsman finns det också. Och nu kommer jag att tänka på den där skotten som du skulle berätta mera om. Vad var det han hette?"

"Armstrong, Mr. Armstrong. Ja, det var en förtjusande man, och jag förstod aldrig varför hans fru, en Alvensleben, som jag väl redan nämnt, måste bli så generad varje gång han öppnade munnen. Han var ändå den perfekte gentlemannen, som höll på sin värdighet också när han uppträdde vårdslöst och visade en viss nonchalans. Det är i såna situationer som man ser vem som är en äkta gentleman, eller hur? Han bar en blå slips och en gul sommarkostym och såg ut som om han var insydd i den, varför Anna Grävenitz alltid fällde kommentaren: 'Här kommer pennalen.' Och han gick alltid med ett stort uppfällt parasoll, en vana som han hade lagt sig till med i Indien. För han var officer vid ett skotskt regemente, som länge hade varit stationerat i Madras eller Bombay, eller kanske var det rentav Dehli. Det spelar ingen roll. Vad allt han hade varit med om! Hans konversation var fascinerande, även om man ibland var osäker på hur man skulle uppfatta honom."

"Du menar påträngande? Fräck?"

"Vad pratar du för smörja, Botho? En man som han, en kavaljer comme il faut. Nej, jag ska allt ge dig ett exempel på hur han kunde lägga ut texten. Mitt emot oss hade vi gamla generalskan von Wedell, och Anna Grävenitz frågade henne (jag tror det var på årsdagen av Königgrätz), om det verkligen stämde att trettiotre Wedellare föll under sjuårskriget. Fru von Wedell sade att det nog stämde men tillade att den korrekta siffran var något högre. Alla som satt närmast vid bordet blev mäkta förvånade över det stora antalet, alla utom Mr. Armstrong, och när jag på skämt ställde honom mot väggen på grund av hans likgiltighet, svarade han att han inte kunde bli det minsta upprörd över så små förluster. Jag var tvungen att avbryta honom: 'Små förluster.' Men han bara skrattade och gick in för att vederlägga mig: i klanen Armstrong hade etthundratrettiotre stycken omkommit i olika bataljer. Och när den gamla generalskan inte ville tro honom, men Armstrong stod på sig, och hon till slut nyfiket frågade om alla de etthundratrettiotre verkligen hade stupat, sade han: 'Nej, min nådiga, inte direkt stupat, de flesta hängdes av vår dåvarande fiende, engelsmännen, på grund av häststölder.' Och när alla upprördes över detta icke ståndsmässiga, för att inte säga gemena sätt att bli avrättad på, tryckte han starkt på att vi inte borde ta anstöt av detta, för både tiderna och åskådningarna ändrar sig, och vad gällde hans egen familj, som var djupt involverad i händelserna, såg den med stolthet tillbaka på dessa hjältemodiga anfäder. Skottarna hade fört krig i trehundra år genom att stjäla hästar och röva boskap, det hade blivit en nationell sedvänja, och för egen del kunde han inte inse, att det var så stor skillnad på att stjäla länder och att stjäla boskap."

"En welfare i kapprock", sade Botho. "Men han har mycket som talar för sig."

"Jodå. Och jag stod alltid på hans sida, när han kom in på såna där saker. Å, man kunde sannerligen skratta sig fördärvad åt honom. Han sade att man inte fick lov att ta nånting på blodigt allvar, det var det inte värt, och det enda som räknades var att fiska. Ibland låg han fjorton dar i sträck och fiskade i Loch Ness eller Loch Lochy, såna komiska namn de har i Skottland, och då sov han på båten och stod upp med solen, och när de fjorton dagarna var förbi, då ruggade han sig och ömsade skinn och fick ny hud som en baby. Han sade att han gjorde allt detta av fåfänga, för finns det nånting bättre än slät och fin hy? Och när han sa det, såg han på mig med en sån min att jag ett tag inte visste vad jag skulle svara. Å, ni män! Men det är då klart, att jag från början hade ett riktigt attachment till honom, och jag retade inte upp mig på hans sätt att tala som ibland drev honom till långa utläggningar, men vanligen brukade han hoppa från ett ämne till ett annat. En av hans favoritsatser var: 'Jag står inte ut med att en och samma rätt står på bordet under en timme, det måste hända nånting, och jag tycker bättre om när rätterna snabbt avlöser varandra.' Och han hade alltid många bollar i luften."

"Då måste ni minsann ha funnit varandra", skrattade Botho.

"Det gjorde vi också. Och vi tänker brevväxla med varann i samma stil som vi pratade. Det lovade vi när vi tog farväl. Våra herrar, inklusive dina vänner, är alltid så ordentliga. Och du är värst av alla, vilket från tid till annan gör mig beklämd och otålig. Du måste faktiskt lova mig att bli lite mer som Mr. Armstrong och gå in för mera lättsamma och oförargliga samtalsämnen och inte prata om samma saker hela tiden."

Botho lovade bot och bättring, och när Käthe, som älskade superlativer, efter att för sin make ha beskrivit en fenomenalt rik amerikan, en absolut kackerlacksliknande svensk med små kaninögon och en fascinerande spansk skönhet, hade avrundat med en eftermiddagstur till Limburg, Oranienstein och Nassau och redogjort i tur och ordning för kryptan, kadettskolan och vattenkuranstalten, pekade hon plötsligt på slottskupolen i Charlottenburg och sade: "Vet du, Botho, idag måste vi faktiskt fara ut dit, eller till Westend eller till Halensee. Den här Berlinluften är så kvav och har ingenting av Guds andedräkt, som man finner utomlands och som diktarna sjunger om. Och när man har vistats i den friska naturen som jag, så har man återfått en känsla för vad jag skulle vilja kalla renhet och oskuld. Ett oskyldigt hjärta är ändå nånting oskattbart, Botho! Jag har bestämt mig för att bevara mitt hjärta rent. Och du måste hjälpa mig med det. Ja, det måste du, lova mig det. Nej, inte så. Du måste kyssa mig tre gånger på pannan, som man kysser bruden, jag vill inte ha nån ömhetsbetygelse, jag vill ha en kyss som när man vigs i kyrkan… Om vi nöjer oss med en lätt lunch, nånting varmt naturligtvis, så kan vi vara där borta klockan tre."

*

Och de kom sig iväg, och även om luften i Charlottenburg befann sig ännu längre från "Guds andedräkt" än den i Berlin, så var Käthe fast besluten att bli kvar i slottsparken och låta Halensee vara. Westend var så långtråkigt, och Halensee låg nästan lika långt bort som Schlangenbad, men i slottsparken kunde man se på mausoleet med den blåa belysningen som berörde en så starkt, ja, det var som om en bit av himlen hade sänkt sig ned i själen, tyckte hon. Det stämde till andakt och fromma betraktelser. Och även om mausoleet inte hade funnits där, så fanns bron över karpdammen med den lilla ringklockan, och varje gång det kom en stor karpfisk, tänkte hon att det var en krokodil. Och kanske fanns där också en gumma som sålde kringlor och oblater, som man kunde köpa och därmed utföra en god gärning, hon sade med avsikt en "god gärning" och undvek ordet kristlig, ty fru Salinger hade också alltid lämnat sin skärv.

Allt förlöpte programenligt, och sedan de hade matat karparna, gick de längre in i parken, tills de kom fram till Belvedere med rokokofigurerna och alla de historiska minnesmärkena. Om dessa hade Käthe ingen aning, och Botho fann därför anledning att tala om för henne, hur general von Bischoffwerder just på den här platsen hade samlat alla tidigare kejsares och kurfurstars döda andar i ett försök att befria kung Fredrik Vilhelm II från hans letargi eller rycka loss honom ur hans älskarinnas klor, vilket var ett och detsamma, och på så vis föra honom tillbaka till dygdens väg.

"Och det hjälpte?"

"Nej."

"Så synd. Sånt där gör mig alltid illa till mods. Och mitt hjärta blöder när jag tänker på att denne olycklige furste (för olycklig måste han väl ändå ha varit) var svärfar till drottning Luise. Hur hon måste ha lidit! Jag har alltid så svårt att föreställa mig att såna saker kan ha ägt rum i vårt kära Preussen. Sa du att generalen hette Bischoffwerder, han som lät andarna samlas här?"

"Ja. Vid hovet kallade man honom lövgrodan."

"Därför att han kunde spå väder?

"Nej, därför att han bar en grön rock."

"Men det är ju bara för komiskt... Lövgrodan."

TJUGOSJÄTTE KAPITLET

NÄR SOLEN GICK ned, var de båda tillbaka i hemmet, och efter att ha räckt kappa och hatt still Minette och bett om att te skulle serveras gjorde Käthe sällskap med Botho in i hans rum, ty hon hade lovat sig själv att tillbringa första dagen efter sin återkomst helt och hållet vid hans sida.

Botho kände sig till freds med detta, och eftersom hon var frusen, sköt han in en kudde under hennes fötter, samtidigt som han lade en pläd över henne. Strax därpå kallades han emellertid till tjänstgöring, som fordrade omedelbar inställelse. Efter några minuter, när hon märkte att kudden och pläden inte gav henne tillräcklig värme, ringde hon på tjänstefolket och beordrade fram mer ved. Hon frös så, sade hon.

Samtidigt reste hon sig för att föra kaminskärmen åt sidan, och då blev hon varse den lilla högen av aska som låg kvar på hällen.

Just då återvände Botho och blev förfärad inför denna scen. Men han tog sig omedelbart samman, när Käthe pekade på askan och sade i sitt mest uppsluppna tonläge: "Vad betyder det här, Botho? Nu har jag ertappat dig igen. Bekänn! Kärleksbrev? Ja eller nej."

"Du får tro vad du vill."

"Ja eller nej."

"Ja, då."

"Utmärkt. Det gjorde mig lättad. Kärleksbrev, det är ändå för komiskt. Men låt oss bränna dem en andra gång – först till aska, sedan till rök. Kanske lyckas det."

Händigt lade hon dit vedklabbarna, som en av tjänarna under tiden hade kommit in med, och försökte sätta fyr med ett par tändstickor. Och det fungerade. Elden flammade upp, och medan hon sköt fåtöljen närmare eldstaden och sträckte fram fötterna mot järngallret för att få njuta av värmen, sade hon: "Och nu ska jag berätta för dig hela historien om den där ryska kvinnan, som naturligtvis inte var någon ryska alls. Men hon var en mycket klok person. Hon hade mandelögon, alla dessa kloka personer har mandelögon, och hon hävdade att hon var i Schlangenbad för att genomgå kuren. Det där känner man till. Någon läkare hade hon inte, ingen riktig en i alla fall, men varje dag reste hon iväg, till Frankfurt eller Wiesbaden eller också till Darmstadt, och alltid med någon karl. En del sade att det jämt var olika män. Och du skulle se hennes toaletter och hennes självbelåtenhet! Det var knappt så hon hälsade när hon kom till vårt table d'hôte med sin sällskapsdam. För en sällskapsdam hade hon, det är A och O för såna kvinnor. Och vi kallade henne 'la Pompadour', jag menar ryskan, och hon visste också att vi kallade henne så. Gamla generalskan Wedell, som stod helt på vår sida och förargade sig över denna tvivelaktiga uppenbarelse (för tvivelaktig var hon utan vidare), den gamla gumman sade en gång så att det hördes rätt över bordet: 'Ja, mina damer, modet skiftar då i stort som smått, också när det gäller väskor av alla de slag, stora som små. I min ungdom fanns det fortfarande Pompadours, men idag ser man inga Pompadours. Inte sant? Det finns inga Pompadours längre.' Och det där skrattade vi alla åt och tittade bort mot la Pompadour där hon satt. Men den där förfärliga människan drog ändå längsta strået och sade med stark och vass stämma, för gumman Wedell hörde illa: 'Ja, fru generalskan, visst är det som ni säger. Men det är märkligt att när dessa Popmadours föll ifrån, så efterträddes de av Retikules, som senare blev bekanta som Ridikules. Och sådana Ridikules finns det alltjämt.' Och hon riktade sig direkt till gamla fru von Wedell, som inte hade någon bra replik att komma med utan reste sig från sin plats och lämnade matsalen. Nu frågar jag dig vad du tycker om det här. En sådan impertinens... Men Botho, du säger ju ingenting, du lyssnar inte ens..."

"Jodå, Käthe. Jodå."

*

Tre veckor senare var det bröllop i Jakobikirche, och som brukligt var förgården med sin pelargång fylld av en nyfiken människomassa, mest arbetarkvinnor, en del med barn i famnen. Men också skolpojkar och gatubarn hade samlats där. Ett antal hästkärror stannade till, och ur en av de första steg ett par som möttes med tissel och tassel och skrattsalvor, så länge de var synliga.

"Vilken midja", sade en av kvinnorna som stod närmast.

"Midja?"

"Höft då."

"Mer som ett revben från en val."

"Jo, det är på pricken."

Detta meningsutbyte skulle säkert ha fortsatt, om det inte hade varit för att vagnen med brudparet uppenbarade sig. Kusken skyndade sig ned från kuskbocken för att öppna vagnsdörren, men brudgummen, en magerlagd man med hög hatt och vassa fadermördare, förekom honom och räckte sin hand till bruden, en ung och söt kvinna som liksom alla brudar beundrades mer för sin vita sidenklänning än för sitt vackra utseende. Så gick de tillsammans uppför den korta stentrappan, som var täckt med en rätt sliten matta, för att efter pelargången komma fram till kyrkporten. De följdes av allas blickar.

"Och ingen krans?" sade samma kvinna som kort dessförinnan hade fällt de kritiska kommentarerna om fru Dörrs midja.

"Krans? Krans? Men vet ni då inte... Har ni inte hört vad det glunkas?"

"Jag förstår. Jovisst har jag det. Men kära fru Kornatzki, om man bara skulle gå efter vad som glunkas, då skulle Schmidt på Friedrichstrasse få slå igen butiken."

"Jojo", skrattade fru Kornatzki nu. "Det skulle han allt. Och en så gammal en som hon ska gifta sig med! Femti måste han väl vara, och nu ser han ut att vara på väg att fira sitt silverbröllop samtidigt."

"Visst. Och har ni sett hans fadermördare? Som om han var ett lik."

"Dem kan han använda för att göra sig av med henne, om det skulle börjas glunkas igen."

"Det är då ett som är säkert."

Och så höll det på ett bra tag till, under det att preludiet från orgeln strömmade ut ur kyrkan.

*

Följande morgon satt Rienäcker och Käthe vid frukostbordet, den här gången i hans arbetsrum, där båda fönstren stod vidöppna för att släppa in ljus och luft. Svalor som hade sina bon runt gården svirrade högt uppe i luften, och Botho, som hade för vana att slänga till dem några smulor var morgon, sträckte sig efter frukostkorgen men ställde den genast tillbaka, när han hörde sin unga hustru, som under fem minuter hade varit försjunken i sin älsklingstidning, ge upp ett gapskratt.

"Vad är det fråga om, Käthe? Du verkar ha hittat någonting alldeles speciellt."

"Ja, verkligen… Det är bara så komiskt, med alla dessa namn. Och framförallt i förlovnings- och bröllopsannonserna. Hör bara."

"Jag är idel öra."

"Tillkännagives att Gideon Franke, fabriksmästare, och Magdalene Frank, född Nimptsch, ingått äktenskap… Nimptsch. Kan du tänka dig något mera komiskt? Och så Gideon!"

Botho tog tidningen, men bara för att dölja för henne hur skakad han var. Så gav han den tillbaka och sade i de lättsammaste ordalag han kunde uppbringa: "Vad har du emot Gideon, Käthe? Gideon är bättre än Botho."

KOMMENTARER

s. 7 **Wilmersdorf**: ort sydväst om det gamla Berlin, vilken numera ingår i Charlottenburg-Wilmersdorf, den centrala stadsdelen i Västberlin.

s. 9 **Büchseln**: Karl Büchsel (1803–1889), generalsuperintendent och präst i Matthäikirche i Berlin; företrädde ortodoxt pietistiska åskådningar, starkt konservativ; känd för sin råa humor.

s. 13 **Borsdorfäpple**: sorten härstammar från en trakt nära Leipzig och har ofta så små fläckar: floden Parthe rinner igenom denna del av det gröna bältet runt staden.

s. 17 **Gendarmenmarkt**: stort torg i stadsdelen Mitte framför det av Schinkel formgivna Schauspielhaus, numera Konzerthaus, och flankeras av de franska och tyska domerna.

s. 18 **Stralau**: halvö i floden Spree, i den nuvarande stadsdelen Friedrichshain.

s. 19 **Treptow**: stadsdel i östra Berlin, söder om floden Spree.

s. 19 **Tübbeckes**: värdshus på Stralau-halvön, drivet av familjen Tübbecke under större delen av 1800-talet.

s. 23 **Maitrank**: dryck som produceras enligt olika familjerecept i den belgiska orten Arlon i flamländska delen av Luxemburg och celebreras varje maj månad.

s. 21 **Botho**: ett gammalt hedniskt/vendiskt namn, med hemortsrätt i Brandenburg, vilket kom i svang under romantiken.

s. 24 I slutstroferna till Adelbert von Chamissos (1781–1838) dikt **"Den gamla tvättmadamen"** (*Die alte Waschfrau*) från 1833 besjunger poeten en gammal arbeterska som har varit hängiven sitt yrke på ett sätt som han inte själv varit förmögen:

"I slutet av min levnad skulle jag,
Precis som denna kvinna,
Ha velat göra med behag
Vad alla borde hinna.
Jag ville att jag vetat hur
Man läskar sig med livets mjöd,
Nu när min lust försvinner ur
En sliten kropp som aldrig sjöd."

s. 25 **Ni mår som en prins:** *Wie Gott in Frankreich* är en stående tysk fras.

s. 27 **Komtessa:** beteckning på en ogift grevinna; i Sverige sade man fröken; båda titulaturerna har gått ur bruk.

s. 27 **Flora:** ett populärt konserthus i Charlottenburg, då ännu inte inkorporerat i staden Berlin (vilket skedde först 1921).

s. 27 **Sachsiska Schweiz** är en nationalpark med sandstensformationer i sydöstra Tyskland, i numera förbundslandet Sachsen.

s. 27 **Königstein:** ett fort på en hög klippa strax utanför Dresden, på vänster sida om floden Elbe, en av de största befästningarna i Europa; från denna bastion har man en vid utsikt.

s. 27 **Grosser Garten (Stora trädgården):** Dresdens största park, omfattande 1,8 kvadratkilometer, av barockursprung; anlades 1676 på befallning av kurfursten Johan Georg III.

s. 27 **Zwinger:** en framträdande del av det kurfurstliga palatset i residensstaden Dresden, uppfört 1718–1728 av arkitekten Matthäus Daniel Pöppelmann (1662–1736), samtidigt utnämnd till *Oberlandbaumeister*, åt kurfursten August II; totalförstört under andra världskrigets massbombningar, sedermera återuppbyggt.

s. 27 **Grünes Gewölbe (Gröna valvet):** samling av dyrbart konsthantverk i Kungliga slottet i Dresden. – Där finns också Körsbärskärnan (*Der Kirschkern*) "med de 185 ansiktena", i storleksordningen 4,5 millimeter i genomskärning.

s. 29 **Graditz:** det främsta preussiska stuteriet, vid Torgau i Sachsen, en ort cirka fem mil öster om Leipzig vid Elbes vänstra strand.

s. 29 **Kronprinsen:** kejsar Vilhelm I:s son Fredrik (1831–88), gift (1858) med Viktoria som var dotter till drottning Viktoria av Storbritannien och

Irland; när han efterträdde sin fader som Fredrik III, var han redan svårt
sjuk och hade bara nittionio dagar kvar att regera.

s. 29 **En avant deux, pas de basque:** Två steg framåt. Baskiskt steg.

s. 30 **Kirschwasser:** körsbärsbrännvin av eau-de-vie-typ.

s. 36 **Lästerallee (av *Laster*: bakdantare):** bör utläsas "skvallerallé" och
var en promenadväg i Zoologischer Garten med bänkar varifrån det skvall-
rades om förbipasserande.

s. 38 **Albert Hertel (1843–1912),** en Berlinmålare på modet.

s. 38 **Peter Paul Rubens (1577–1640),** en nederländsk mästare.

s. 38 **Andreas Achenbach (1815–1910),** en ledande företrädare för den
så kallade Düsseldorfskolan, använde sig av stark kolorit i sin landskaps-
och sjömotiv.

s. 39 **Renz:** Ernst Jakob Renz (1815–1892) hade slagit sig ned i Berlin på
1840-talet i Berlin som cirkusdirektör och 1879 förvärvat en saluhall som
permanent cirkusbyggnad. Verksamheten bestod fram till 1897.

s. 39 **Kroll:** ett stor nöjesetablissemang i utkanten av Tiergarten.

s. 39 **Hiller:** vinrestaurang vid Unter den Linden.

s. 39 **Borchardt:** förnäm vinrestaurang vid Französische Strasse.

s. 40 **Korson:** den så kallade blomsterkorson utgjorde en procession
med blomsterklädda hästekipage.

s. 41 **Ferdinand Stiehl (1812–1878),** ämbetsmän vid det preussiska
kulturministeriet 1844–1872, ansvarig för ett reaktionärt så kallat regulativ
om undervisningen i folkskolor och seminarier.

s. 42 **Den bästa av världar:** anspelar på Gottfried Wilhelm von Leibniz
(1646–1716) och hans *Théodicée* (1710).

s. 43 **Porten:** Brandenburger Tor. Unter den Linden.

s. 43 **Lepke:** konstgalleri vid Unter den Linden.

s. 43 **Oswald Achenbach (1827–1905),** broder till Andreas Achenbach,
tillhörde också Düsseldorfskolan.

s. 43 **Bildhuggaren Wilhelm Wolff (1816–1887)** var upphovsman till
bronsgruppen i Tiergarten.

s. 43 **Palais Redern:** ritades för en greve Redern, av märkisk uradel,
som mellan 1828 och 1842 var generalintendent för de kungliga teatrarna i
Berlin, av Karl Friedrich Schinkel (1871–1841) efter modell av ett toskanskt

palats; revs 1906.

s. 45 **Friherre Ferdinand Dobeneck (1791–1867)** var en preussisk generallöjtnant.

s. 43 **Neumark:** den del av Mark Brandenburg som ligger öster om floden Oder; större delen av detta område tillföll efter andra världskriget Polen.

s. 44 **Furst Otto von Bismarck (1815–1898):** från 1862 preussisk ministerpresident och från 1871 samtidigt det tyska kejsarrikets kansler, fram till sin avgång från bägge dessa ämbeten 1890.

s. 44 **Mensch** = människa

s. 45 **Botho bar kyrassiärernas värja (pallasch),** Wedell dragonernas sabel.

s. 46 **1813 och 1814** syftar på preussarnas befrielsekrig mot Frankrike.

s. 45 **Clicquo:** en champagne som ibland kallas ”Gula Änkan”.

s. 46 **Friherre Edwin Hans Karl von Manteuffel (1809–1885),** chef för det preussiska militärkabinettet 1857–1865, var en av huvudarkitekterna bakom omgestaltningen av den preussiska armén i konservativ anda under Vilhelm I; förde befäl som general i fransk-tyska kriget.

s. 46 **Bismarck var reservofficer** i det Mecklensburgska sjunde kyrassiärregementet, beläget i Halberstadt, vars uniform han ofta bar. Ännu under 1870-talet utmålades Bismarck som en liberal uppkomling av många inom den gamla adeln

s. 46 **St. Privat och Sedan:** orter där slag utkämpades i det fransk-tyska kriget (18 augusti respektive 1 september 1870).

s. 46 **Friherre August Werner von Meding (1792–1871):** överpresident i provinsregeringen i Brandenburg; Bismarck var 1837–1838 notarie där.

s. 46 **Depescher:** syftar på den så kallade Ems-depeschen 1870 som Bismarck hade omformulerat för att få ett krigsfall med Frankrike.

s. 46 **Fehrbellin:** kurfurst Fredrik Vilhelm, ”den store kurfursten”, besegrade svenskarna under Karl Gustaf Wrangel vid Fehrbellin 1675.

s. 46 **Leuthen:** Fredrik II, ”den store”, besegrade österrikarna vid Leuthen 1757.

s. 46 **Gebhard Leberecht Blücher (1742–1819),** furste av Wahlstatt, preussisk generalfältmarskalk, var ledande befälhavare under det preussiska befrielsekriget mot fransmännen 1813 (*"Marschall Vorwärts"* – framåt).

s. 46 **Greve Johann David Ludwig Yorck von Wartenburg (1759–1830)**: en annan preussisk befälhavare under befrielsekriget.

s. 47 **Kreuzzeitung**: förkortning för Neue Preussische Zeitung (den hade järnkorset i sin logotyp), grundad revolutionsåret 1848, det ledande konservativa organet under Bismarck-eran; stora meningsskiljaktigheter uppkom mellan tidningen och riksregeringen.

s. 47 **En sådan man... från en av våra bästa familjer**: Greve Harry von Arnim (1824–1881) var från 1872 till 1874 tysk ambassadör i Paris. Politisk och personlig rival till Bismarck. Häktades 1874 på grund av misstankar för att ha lagt beslag på konfidentiella tjänstedokument och dömdes till fängelse. Bakgrunden var att han motsatte sig Bismarcks beslut att det besegrade Frankrike skulle vara en republik. Han flydde utomlands och angrep därifrån Bismarck i pressen. I sin frånvaro dömdes han till fem års tukthus för landsförräderi. Många inom den gamla bördsaristokratin upprördes över att en representant för en gammal ätt kunde behandlas på detta sätt av staten.

s. 47 **Hohenzollrarna** var den tyska kejsardynastin

s. 47 **Greve Adolf von Arnim-Boitzenburg (1832–1887)**: överpresident i Schlesien; efter domen mot Harry von Arnim nedlade han sitt ämbete; 1880–1881 president för Tyska riksdagen. Också Boitzenburgarna var förnäm märkisk adel.

s. 49 **Cedera**: avträda

s. 49 **Norderney**: stad på en av de nordfrisiska öarna.

s. 49 **Lomber**: l'hombre, ett franskt kortspel.

s. 50 **Heidsieck**: en sekt.

s. 51 **Garde du Corps**: livgardet; i Preussen beteckning på livgardeskyrassiärerna vars regementschef var konungen.

s. 51 **Pasewalkers**: slang för Andra kyrassiärregementet.

s. 51 **Error in calculo**: felräkning.

s. 51 **Gichtelianer**: anhängare till den tyske mystikern Johann Georg Gichtel (1638–1710) som försökte blidka Guds vrede över människans syndfullhet genom att avsvärja sig kroppens lustar och aldrig ingå äktenskap: de kallades "änglars bröder".

s. 52 **Ulaner**: lätt kavalleri, även lansiärer.

s. 52 **Greve Helmuth von Moltke (1800–1891)** var från 1866 till 1888 chef för den preussiska generalstaben.

s. 52 **Bröderna Alexander von Humboldt (1769–1859)**, naturforskare, och **Wilhelm von Humboldt (1767–1835)**, språkvetenskapsman och grundare av Berlinuniversitetet, Europas första rent forskningsinriktade universitet.

s. 52 **Leopold von Ranke (1795–1886)**: konservativ historiker som lade vikt vid filologi och källkritik; historicist, det vill säga motståndare till spekulativ historieteori; rikshistoriograf, adlad, från 1882 verkligt geheimeråd titulerad excellens.

s. 53 **Furst Hermann Ludwig Heinrich von Pückler-Muskau (1785–1871)** var Tysklands mest framstående landskapsarkitekt under 1800-talet; också känd som kock och konnässör.

s. 53 Bismarcks hustru Johanna var född **Puttkamer**.

s. 53 **Recte**: just.

s. 54 **Bon garcon**: hedersman.

s. 54 **Tant mieux**: desto bättre.

s. 55 **Balafré**: person med ett ärrat ansikte; smeknamn på den franske hertigen Frans av Guise (1519–1588); huset Guise var en sidolinje till huset Lothringen.

s. 55 **Tvättmadam (i originalet *Weisszeugdame*)** och riktig madam (*Weisse Dame*) är en försvenskad ordlek som hänsyftar på en opera, *La Dame blanche* (1825), av Francois-Adrien Boieldieu (1775–1834). I denna opera har hjälten, en greve, gift sig med en "vit dam", dottern till förvaltaren, som har stått honom bi för att rädda ett arv. Slottet Avenel i Skottland är platsen där Boiedieus opera utspelar sig.

s. 58 **Adebar**: "Stork, stork, du min gode vän, ge mig en liten broder! Stork, stork, du min bäste vän, ge mig en liten syster." En strof ur den så kallade storksagan från 1700-talet, med nordtysk proveniens. Adebar är ett smeknamn på stork.

s. 59 **Tabagie** var beteckning på en lokal där det var tillåtet att röka. Fram till 1848 var det förbjudet att röka på gatorna i Berlin.

s. 59 **Sandhase** betecknar ett misslyckat kast.

s. 60 **Filipin**: en sällskapslek. Fick man en dubbelnöt delades den mellan en man och en kvinna, och nästa gång de träffades kunde den första av dem som sade "Filipin" (på tyska: *Vielliebchen*) begära någonting i gengäld, exempelvis en kyss.

s. 61 **"Morgonrodnad"** syftar på en folksång, "Ryttarens morgonsång", av Wilhelm Hauff (1802–1827), som har kommit att omdiktas.

s. 61 **Ett år från nu**: från tredje strofen i en tysk folksång, upptecknad 1827.

s. 61 **Kommer du ihåg**: "Kommer du ihåg, min tappre Lagienka"– från sångspelet *Den gamle fältherren* av Karl von Holtei (1798–1880), med uruppförande 1825. Innehållet i sången går tillbaka på de polska frihetsstriderna i början av 1800-talet.

s. 64 **Det är två Pitt att välja på**. William Pitt d ä var brittisk premiärminister 1766–1768, hans son William Pitt d y innehade samma ämbete mellan 1783 och 1801 och mellan 1804 och 1806. Egentligen fanns premiärministertiteln ännu inte – den infördes först 1906. Den som ledde regeringen hade – och har fortfarande – formellt titeln First Lord of the Treasury.

s. 64 **Mannen med järnmasken**: troligen avses sorgespelet *Järnmasken* (1804) av den liberale diktaren och pedagogen Heinrich Zschokke (1771–1848), som tillbringade en del av sitt liv i Schweiz. Det kan också vara fråga om Alexandre Dumas d ä:s roman *Mannen med järnmasken*.

s. 68 **Hankels Ablage** var ett timmerupplag i Zeuthen vid Dahme strax söder om Berlins dåvarande stadsgräns. Dahme är en biflod till Spree och utmynnar vid Köpenick. Detta område sydöst om Berlin har också kallats Dahmeland. Fontane uppehöll sig tidvis här 1884 när han arbetade med denna roman.

s. 73 Något talesätt som motsvarar tyskans **"Haar bindet"** finns inte, uppger folklivsforskaren, professor Bengt af Klintberg. Han fortsätter: "Däremot finns det en mängd exempel på bindemagi där hår kommer till användning. Inom den folkliga kärleksmagin förekom till exempel att en kvinna som ville få en man att älska henne bjöd honom på pannkaka som innehöll hennes finklippta pubeshår. Magin troddes verka i båda riktningarna: kom man över någon annans hår fick man makt över den personen. Förr var det vanligt att man brände hår efter klippning för att det inte skulle hamna i orätta händer. Seden att spara lockar eller små flätor av den man höll av blev mycket vanlig under romantiken. När jag studerade gamla poesialbum såg jag många exempel på det i 1800-talsalbumen. Flätor (ibland formade till en ring) broderades fast på pappret. Medaljonger innehållande en hårlock blev vanliga. Jag tror inte att detta var uttryck för bindemagi, snarare en minneskult (som på ett känslomässigt plan kunde uppfattas som ett band)." Se även Edmund Leach, "Magical Hair", i *Journal of the Royal Anthropological Institute of Great Britain and Ireland* 88 (1958).

s. 76 **Braunberger** är ett Moselvin och **Rüdesheimer** ett vin från distriktet Rheingau.

s. 76 **Fritz**: Fredrik II (den store) av Preussen (1740–1776). **Soldatkungen**: hans fader Fredrik Vilhelm I (1703–1740).

s. 78 **Okuli**: tredje söndagen i fastan eller passionstiden. – Värdshusvärdens yttrande har tolkats som en omskrivning för trafiken med fina herrar, officerskamrater till Botho, som kommer ut till Hankels Ablage vid denna tid med sina damer ur halvvärlden (associeras här till "snäppor") och som skulle vara i antågande. (Se Hans-Peter Fischer, *"Okuli, da kommen sie." Überraschende Einblicke in Theodor Fontanes Irrungen, Wirrungen*. Würzburg: Königshausen & Neumann 2013.)

s. 78 **Weisse** är ett veteöl; här kan det röra sig om den smaksatta drycken Berilner Weisse.

s. 79 **I slottet i Heidelberg** finns ett stort vinfat som rymmer 220 000 liter.

s. 81 **Si jeunesse savait**: Om ungdomen visste; med fortsättningen si vieillesse pouvait: om ålderdomen kunde.

s. 86 **Les beaux esprits se rencontrent**: Här möts skönandarna.

s. 86 **Gestalter** i Schillers drama *Jungfrun av Orleans* (1801): Margot är Jean d'Arcs – Johannas – syster, drottning Isa moder till Karl VII av Frankrike och Agnès dennes älskarinna. – Referenser till Schillers dramatik är legio i Fontanes romaner.

s. 86 **Thibaut d'Arc** var Johannas (Jean) och Margots fader.

s. 87 **Yppiga**: originalets "wohlarrondiert" är ett exempel på Fontanes ofta förekommande bruk av gallicismer.

s. 88 **Citatet** är från fjärde akten i Schillers *Don Carlos.*

s. 88 **Kölln:** en del av det ursprungliga Berlin.

s. 96 **Turkarna** syftar på den turkiska, fatalistiska "kismet-traditionen".

s. 97 **Sibyllinska böcker:** en samling grekiska böcker med vishetsläror som befann sig i Rom och till större delen förstördes i en brand där år 83 f. Kr. De som återstod eller rekonstruerades brändes efter kristendomens införande som statsreligion i romarriket.

s. 98 **Troupier:** legosoldat.

s. 98 **Regementets dotter:** i Donizettis opera med detta namn (från 1840) uppträder marketenterskan i sådan utstyrsel.

s. 100 **Egentligen Karl (Ludwig Friedrich) von Hinkeldey (1805–1856)** var sedan 1848 polispresident i Berlin, senare generaldirektör för polisen i Preussen. En av dem som gick hårt fram mot de demokratiska strömningarna under den post-revolutionära eran. Kom i konflikt med adelsklassen, och kretsar inom hovaristokratin beslöt att utmana honom på duell. Kungen kunde ha förhindrat duellen men gjorde det inte.

s. 102 **Wrangelbrunnen** är en fontän i Berlin-Kreuzberg, uppkallad efter den preussiske generalfältmarskalken Friedrich von Wrangel (1784–1877). Förde befäl över de preussiska trupperna i dansk-tyska kriget 1864. Bildhuggaren var Hugo Hagen (1818–1871).

s. 102 **Tälten, eller Die Zelte,** var en känd nöjeslokal i Tiergarten.

s. 110 **Knaak:** Wilhelm Knaak (1829–1894), komiker från Wien.

s. 110 **Vischer:** Peter Vischer d.y. (1487–1528), gelbgjutare från Nürnberg.

s. 110 **Monsieur Herkules:** lättsamt drama från 1811 av Georg Friedrich Belly (1836–1875).

s. 120 **Luisenufer:** en nybebyggelse längs västbanken av Luisenstädtischer Kanal som hade grävts år 1849.

s. 122 **Konventikler:** medlem i en frikyrklig sammanslutning.

s. 122 **Mennoniter:** en anabaptistisk sekt uppkallad efter friesländaren Menno Simons (1492–1559). Praktiserar vuxendop och fredsarbete. Mennoniternas kyrkor är kongregationalistiskt uppbyggda. Amishfolket i USA har släktskap med dem. De uppfattar varken dop eller nattvard som sakrament.

s. 122 **Irvingianer**: katolsk-apostoliska församlingar som går tillbaka på Edward Irving (1792–1834), en skotsk botgörar- och väckelsepredikant; uppfattade sig inte som en kyrka utan som en sista väckelse som skulle återskapa den ursprungliga kristna kyrkan inför Kristi snara återkomst.

s. 123 **Många fruar**: det är mormonernas månggifte som åsyftas.

s. 125 **Schlangenbad**: Schlange är orm på tyska.

s. 126 **Circle intime**: förtrolig krets.

s. 126 **I slaget vid Mars-la-Tour**, i närheten av staden Metz, under fransk-tyska kriget den 16 augusti 1870 hade kavalleriet en viktig del i den preussiska arméns seger.

s. 127 **Här avses antagligen Eduard Bachmann (1831–1880)**, en berömd hjältetenor som förlorade rösten och sedermera begick självmord. Han var utbildad oboist från Prag och spelade bland annat i det sachsiska livregementets kapell och hos Johann Strauss. Debut som sångare 1855. Efter sin förtida pensionering 1870 hade han under några år ledningen för teatern i Karlsbad och samtidigt för tyska teatern i Pilsen.

s. 128 **Där borta syftar** på garnisonsstaden Potsdam.

s. 138 **Sedan vi tog över**: Efter Österrikes nederlag i kriget mot Preussen hade den senare makten annekterat Hannover, som slutit upp på österrikarnas sida, och gjort denna stat till en preussisk provins. Mellan dynastierna Hohenzollern och Welf fortsatte fiendskap att råda, och de senare gav aldrig upp sina anspråk på Hannover.

s. 138 **Friedrich Wilhelm Scanzoni von Lichtenfels (1821–1891)** var en känd läkare och ledande obstretiker, professor i detta ämne vid universitetet i Würzburg 1850–1888. Han utvecklade de gynekologiska undersökningsmetoderna och flera skrev handböcker, om kvinnosjukdomar och förlossningar.

s. 139 **Oppenheims**: en framträdande fransk-tysk-judisk bankirfirma som grundades i slutet av 1700-talet. När den bjöds ut till försäljning år 2009, hade den tillgångar motsvarande 1 500 miljarder svenska kronor.

s. 144 Franke syftar här antagligen på **sjätte och åttonde budorden**: "Du skall icke begå hor" respektive "Du skall icke bära falskt vittnesbörd mot din nästa". Men han refererar till dem som de sjätte och sjunde budorden.

s. 149 **En av ödesgudinnorna**: en spelning på en av de tre så kallade parcerna, Atropos, som klipper av livstråden.

s. 151 **Wiener Bonbonwalzer**: Johann Strauss II komponerade en vals, Wiener Bonbon (opus 307), som första gången uppfördes i Wien 1866, dedicerad till furstinnan Pauline Metternich-Winneburg, hustru till Österrikes dåvarande ambassadör i Paris.

s. 151 **Rixdorf** var fram till 1912 namnet på staden, sedan 1920 stadsdelen Neukölln i sydöstra Berlin. Under 1800-talets industrialisering fick Rixdorf en utpräglad arbetarklasskaraktär. Namnbytet föranleddes av att de styrande ville göra sig av med det rykte för dålig underhållning som staden förknippats med.

s. 152 **Lycka och glas**: glas står här för ett dåligt omen enligt den tyska ramsan "Glück und Glas, wie leicht bricht das", det vill säga att lyckan liksom glaset lätt går sönder.

s. 160 **Moniteur** betyder på franska rådgivare. Så hette en fransk tidning, grundad 1789, från 1800 till 1869 ett officiellt regeringsorgan.

s. 160 **Efternamnen "parar sig"**: *Holtze* associerar till trä (*Holz*), *Lichterloh* betyder: i ljusan låga.

s. 161 **Whist en deux** är ett kortspel för två.

s. 160 **Fremdenblatt** – ungefär "Internationella nyheter" – syftar på den av boktryckaren och förläggaren Rudolf von Decker år 1862 grundade Berliner Fremden- und Anzeige (annons-)blatt. Decker adlades 1863, i samband med familjeföretaget Geheimen Hofbuchdruckereis 100-årsjubileum.

s. 160 **Vandalerna** var ett studentsällskap i Heidelberg.

s. 160 **Hofbräu** och **Spatenbräu** var båda ölbryggerier i München.

s. 160 **Teckningslista** (*Suppenliste*) var en förteckning för bidrag till välgörande ändamål.

s. 162 **Saatwinkel**: en plats i Spandau, nära sjön Tegel.

s. 163 **Bonn** och **Göttingen** är två tyska universitetsstäder.

s. 164 **Sacramento** är en flod i Kalifornien och **"the diggings"** syftar på guldgrävardistriktet där; sedermera namnet på Kaliforniens delstatshuvudstad..

s. 168 **Det var en välkänd restaurang** vid Tempelhofer Ufer uppkallad efter sin förste ägare som hette **Buberitz** men vars namn medvetet uttalades felaktigt som Puperitz (ungefär: pruttgubbe).

s. 168 **Cher ami, nous verrons**: käre vän, det får vi se.

s. 169 **Alvensleben**: en aristokratisk familj med rötter i 1100-talet och ursprunglig anknytning till Halberstadt.

s. 173 **Pennal** var öknamnet på en förstaårsstudent vid universitetet, medförande pennfodral för att kunna göra anteckningar under föreläsningarna.

s. 173 **Wedell (även Wedel)** var en uradlig släkt, daterad från tidiga 1200-talet, från Stormarn i nuvarande Schleswig-Holstein. Den deltog i den tyska frammarschen österut och slog sig ned i Hinterpommern, senare också i Nordfriesland, Danmark och Norge. (Se den grevliga familjen Wedel-Jarlsberg, som spelat en viktig roll i den gemensamma norsk-svenska historien.) En annan gren av den stora ätten erhöll via Finland år 1762 svensk adelsnaturalisation, introducerad som nummer 803 bland lågadeln på Sveriges riddarhus.

s. 173 Det avgörande slaget mellan de preussiska och österrikiska arméerna 1866 ägde rum den tredje juli detta år vid **Königgrätz** i norra Böhmen.

s. 173 **Europeiska sjuårskriget (1756–1763)** utkämpades mellan två stormaktskoalitioner, med Tysk-romerska riket (Österrike), Frankrike, Ryssland, Sverige på ena sidan och Preussen och Storbritannien-Hannover på den andra. Sveriges deltagande brukar kallas Pommerska kriget (1757–1762). Krigets viktigaste dimension var uppgörelsen mellan Frankrike och Storbritannien om makten över världshaven och den koloniala världen, ur vilken den senare utgick som segrare.

s. 174 **En welfare i kapprock** syftar på likheten mellan Skottland och Hannover som båda motsatte sig att kuvas av en mäktigare granne.

s. 176 **Johann Rudolf von Bischoff(s)werder (1741–1803)** var en gunstling hos Fredrik Vilhelm II av Preussen och befordrade kungens mystiska böjelser.

s. 176 **Drottning Luise (1776–1810)**, av Mecklenburg-Strelitz, var från 1793 gift med sedermera kung Fredrik Vilhelm III av Preussen (1797–1840). Hon spelade en viktig roll i det preussiska motståndet, när landet var ockuperat av Napoleons Frankrike. Moder till kejsar Vilhelm I av Tyskland.

s. 176 **Lövgroda:** Det fanns en sed att hålla en groda från ett träd i en skål till hälften fylld med vatten och utrustad med en liten stege. Beroende på väderleken klättrade grodan upp ur vattnet eller dök tillbaka ned i det. Ordet lövgroda (*Laubfrosch*) används ibland som beteckning på en meteorolog.

s. 178 **Jeanne Antoinette Poisson (1721–1764)**, från 1745 markisinna de Pompadour, mångårig älskarinna till Ludvig XV av Frankrike.

s. 178 **Réticule:** ett slags stickpåse. Ordlek: det franska ordet *ridicule* betyder löjlig.

s. 179 **Krans** syftar på brudkrans, ibland uppfattad som ett förstadium till brudkrona. Att bara brudar som var oskulder fick bära brudkrona, var allmänt känt i Sverige och förmodligen också i Tyskland, enligt Bengt af Klintberg. Det samma torde gälla brudkransen som ett tecken på att bruden bevarat sin ära. "Om nogor qvinna gåår till kyrckio och låter sigh wyia medh vthslaghet håår, crono eller twå krantzar, och thet warder befunnit, at hon war... beläghrat tå hon wigdes, så skall hon bötha... fyra daler", står det hos Johannes Rudbeckius, enligt Svenska Akademiens Ordbok. – Enligt *Nationalencyklopedin* infördes myrtenkrans som brudsmyckning i Sverige under senare delen av 1700-talet. Inledningsstrofen i Bo Bergmans dikt "Över tid och rum" (ur samlingen *Elden* från 1917), om ett äktenskap som aldrig blev av, lyder: "Du skulle ha böjt ditt huvud som min/en gång under myrten-kransen./Du skulle ha dansat i solen in./Nu äro vi båda ur dansen."

EFTERORD

THEODOR FONTANE (1819–1898) tog god tid på sig. Han debuterade som skönlitterär författare vid närmare sextio års ålder. Under de tjugo år som då återstod av hans levnad författade han sjutton romaner och två självbiografiska böcker. När hans första roman kom ut 1878, skrev han till sin förläggare: ingenting ligger bakom mig, allting ligger framför mig.

Detta var inte sant. Han hade gett ut ungdomslyrik, varit utrikesreporter och krigskorrespondent, framträtt som en kunnig teaterkritiker. Hans kulturella kontaktnät var enormt; Fontane har räknats som en av de främsta brevskrivarna i den tyska litteraturen. Den breda publikens sympati vann han med en serie skildringar av natur, historia och folkliv från det Mark Brandenburg där han föddes, tillbringade en del av sin uppväxt och som han aldrig förlorade kontakten med.

Allt detta kan ses som förstudier till det som blev hans romankonst. Man har sagt att Fontane uppfann den realistiska romanen i Tyskland. Hur tysk var han? Familjen, franska kalvinister, hade kommit till det preussiska kärnlandet i slutet av 1600-talet, undan de svårartade hugenottförföljelserna. Kavlinister förblev de i ett land där kungahuset var reformert men befolkningen lutheransk. Hans hjärta klappade för den engelska och skotska kulturen; han talade språket efter självstudier och längre vistelser i detta örike; Dickens, Thackeray, Walter Scott var honom väl förtrogna, senare också George Eliot.

Ändå skapade han någonting nytt genom att bryta mot ett mönster. Han lämnade åt sidan både den klassiska bildningsromanen och den idylliska genreskildringen. Högstämd idealism förekommer inte i hans litterära arsenal. Han är litteratör snarare än diktare. Han problematiserar sin samtids motsägelser – i fråga om dygd och moral, i fråga om tänkesätt och sinnesförfattning, också i fråga om den politiska och sociala ordningen. Han är en prosaist av Guds nåde, och hans ordflöde har ingenting artificiellt över sig, det ligger så nära det pratade språket man kan komma, men utan att det blir plumpt eller jargong.

En sak talade i detta sammanhang till Theodor Fontanes fördel. Han var inte skolad in i någon tradition och han tillhörde inte den lärda världen. Liksom sin fader utbildade han sig till apotekare, som var ett hantverksyrke, och han praktiserade också några år i detta. Han kunde inte söka in på gymnasium, hade inte tillträde till officerskåren. Men fadern inpräntade inte bara yrkeskunskaper i honom, han förde en dialog med sin son om det som var viktigt här i livet och gjorde honom efter hand till en bildad karl. Småborgerlig självbildning kom man i allmänhet inte långt med i det rigida, lärdomshögfärdiga tyska ståndssamhället. Men Fontane gick sina egna vägar. Man kan föreställa sig den unge mannen bakom butiksdisken i apoteket – hur han avlyssnar samtal, studerar personligheter, lär sig mer om livsvillkoren än alla diktare i världen. Den slängiga konversationen firar triumfer i hans böcker. Man gapskrattar ibland, storknar ibland.

Födelsestaden heter numera Fontanestadt Neuruppin. Den ligger en sex mil nordväst om Berlin; på sin tid en liten upplysningsmetropol omgiven av en ännu feodal landsbygd. Neuruppin var en garnisonsstad, ett Potsdam i miniatyr. Efter en totalbrand 1787 byggdes den upp efter rutnätsmönster enligt senrenässansens åskådning. Latinläroverket blev staden centrum. Inte långt därifrån låg apoteket som fadern drev. Från Neuruppin kom också bildhuggaren Schinkel. Genom att stadens styresmän visade vit flagg när sovjetarmén närmade sig 1945, blev den förskonad från andra världskrigets stadsförödelser: inga bomber föll. Någon mil bort ligger slottet Rheinsberg, där Fredrik den store bodde under sina sista år som kronprins. Idag ger dessa miljöer ett något sömnigt intryck – delstaten Brandenburg hör till förbundsrepublikens styvbarn. I Fontanes verk är dock bygden mer än skuggor och silhuetter. Där får den sin karaktär genom att konfronteras med författarens oavbrutna digressioner, distraktioner och djupdykningar, också av hans svada. Varenda detalj skärskådas. Han var en pratglad man, Fontane, anfäktad av en nervös tidsanda och av sin egen depressiva läggning.

De flesta av hans romaner är trots allt inte särskilt omfångsrika, och man ska leta förgäves efter svartmålningar där. Theodor Fontane verkar rätt och slätt vara ganska förtjust i sina romanpersoner. Visst kan man utnämna honom till tidig socialrealist, men det är ingen indignationslitteratur han producerar. Nej, han predikar inte upphöjda ideal, snarare lägger sig Fontane väldigt nära ett modernt humanistiskt credo. Folk är inte strunt, också oduglingen representerar någonting av intresse, den skröplige och hjälplöse aristokraten, den tanklösa och outhärdliga sladdertackan, vivören, den bigotta, den råbarkade sällen – alla har de sitt lidande att bära.

Irrvägar (1888) är en berättelse som utspelar sig helt och hållet i Berlin – eller i det som håller på att bli det moderna Berlin – under de så kallade *Gründerjahre*, grundaråren, i mitten av 1870-talet. Det är en väldig rusch överallt, samtidigt är det ett stillastående. Mycket litet händer, en omöjlig kärlek blossar upp och falnar. Nyrikedomen skymtar förbi, det gamla samhällets klasser famlar, några individer finner varandra. Man märker att Bismarck, det nya rikets järnkansler, inte är den snobbiga bördsaristokratins favorit; det något luggslitna junkerståndet däremot såg upp till honom, efter några år skulle han ge dem skyddstullar som de begärde. De där nere har svårt att rota sig, de klänger sig fast vid sina trosföreställningar. Ordning är ett ord som ofta förekommer; enkelhet kan vara svårare att realisera. Det sjaskiga får man lära sig att leva med.

Boken gick några heta sommarveckor 1887 som följetong i *Vossische Zeitung*, det liberala borgerskapets tidning. (Författaren lät den sedan ligga en tid före bokpublicering; han arbetade om den i omgångar.) Även i dessa kretsar väckte Fontanes förbehållslösa, icke-raljanta beskrivning av den tämligen luspanke löjtnanten Botho von Rienäckers och den strävsamma tvätterskan Lene Nimptschs fridsamma passionshistoria vrede och bestörtning. Alla visste att konkubinat förekom till höger och vänster, men här handlade det om en relation som vad känslorna angår var äkta och jämlik. Lene stavar visserligen litet krattigt, men hon talar inte Berlinslang. Ingen av dem gjorde något vid sidan om. Relationen bars upp av ömsesidighet, inte av utnyttjande. Lägg till exempel märke till att Botho inte ger sin älskarinna några presenter! Och häri låg det skandalösa och utmanande. Det hände sig också vid den tiden att Fontane uppsöktes av en kvinna som anklagade honom för att ha använt henne som modell för den kvinnliga huvudpersonen i romanen. Fontane tycks för en gångs skull ha blivit svarslös. Hon utmanade honom.

Romanens receptionshistoria i Sverige vore värd ett närmare studium. Har till exempel Hjalmar Söderberg, som debuterade ett knappt decennium senare med *Förvillelser*, läst eller hört talas om Fontanes bok?

I litteraturforskningen har man sett de romaner av Fontane som följde – främst mästerverket *Effi Briest* (1895), länge den enda av hans böcker som har funnits översatt till svenska – såsom uttryck för en "dekadent" tidsströmning. Kort och gott: Fontane avstod från varje försök till förfining; finstämd kan han däremot vara. Det fula är det sublima, skulle man kanske kunna säga. Ty förfallet där det förekommer var ju inte individuellt utan socialt. I *Irrvägar* kämpar det lantliga och det urbana alltjämt med varandra, en ojämn strid. Det stinker från den snörräta kanalen. Man förlustar sig på ängarna och vid ett gammalt hamnupplag som snart ska bli villakvarter för en burgen, uppåtsträvande medelklass. Allt är tämligen anständigt, det mesta är ansträngt. Glöm inte bort att detta samhälle under de föregående tio åren varit med om tre krig. Fontane hade rapporterat från dem samtliga.

*

Översättaren har haft god hjälp av synpunkter från Margareta Hölne, Ingrid Norquist, Henrik Sjögren, Eva Stenberg och Thorsten Nybom.

Anders Björnsson

Romaner av Theodor Fontane, översatta till svenska:

Effi Briest
Stechlin
Mathilde Möhring (kommande)

www.ingramcontent.com/pod-product-compliance
Lightning Source LLC
Chambersburg PA
CBHW020403030726
47496CB00007B/2278